신동엽, 융합적 인간을 꿈꾸다

신동엽, 융합적 인간을 꿈꾸다

초판 1쇄 발행 | 2013년 12월 30일

기　획 ○ 신동엽학회
지은이 ○ 김응교 김희정 남기택 노대원 문동만 오영진 윤인선 이대성 주완식 홍승희
펴낸이 ○ 황규관
편집장 ○ 김영숙
편집부 ○ 노윤영 윤선미
총무부 ○ 김은경

펴 낸 곳 ○ 도서출판 삶창
출판등록 ○ 2010년 11월 30일 제2010-000168호
주　　소 ○ (121-838) 서울시 마포구 서교동 355-22 우암빌딩 4층
전　　화 ○ (02) 848-3097
팩　　스 ○ (02) 848-3094
홈페이지 ○ www.samchang.or.kr

ⓒ 신동엽학회, 2013
ISBN 978-89-6655-036-4 93810

⊙ 이 책은 '2013 한국문화예술위원회 문학조사연구 사업'의 지원을 받아 출간되었습니다.
⊙ 이 책은 부여군과 신동엽문학관의 지원을 받아 출간되었습니다.

신동엽, 융합적 인간을 꿈꾸다

신동엽학회 엮음

삶창

여는 글

1960년대의 상황에서 신동엽은 서구의 유행에 익숙한 지식인들이 '만백성의 살림마을인 대지를 이탈'하여 문학을 ~주의라는 전문 용어에 끼워 맞춘다고 비판한다. 그런데 불행하게도 반세기가 지난 오늘날 문학은 여전히 한반도에서 벌어진 특수한 경험과 관계없이 다른 어딘가에서 만들어진 전문 용어로 대체되어 맹목적으로 교육되고 있다.

신동엽은 왜 "전경인임으로 해서 고도에 외로이 홀로 떨어져 살아가는 한이 있더라도 문명기구 속의 부속품들처럼 곤경에 빠지진 않을 것"이라고 결연한 자세를 취했을까. 그는 제도권의 권위자, 맹목적으로 서구 문명을 추수하는 지식인 되기를 그 스스로 포기한 것이다.

신동엽의 예지는 정확했다. 개그하는 신동엽은 기억해도, 시 쓰는 신동엽은 기억하지 못하면서, 우리는 문명기구의 부속품으로 전락했다. 심각한 문제는 부속품처럼 살아가는 우리가 주어진 역할 이외의 것에 대한 책임을 모두 방기했다는 데 있다.

그래서 지식인이 변하지 않는다면 미래도 없어 보인다. 일류 대학을 나왔다는 지식인들부터가 평화라든지 정의라는 헛된 구호를 상습적으로 사용하여 타인에 대한 폭력과 불법을 자행하고 있으니 말이다. 지식인들이 열심히 배운 전문 용어란 결국 문명을 관습적으로 유지하는 데 적합할 뿐, 만백성의 살림마을을 고려하지 않기 때문이다.

이 책은 문학을 전문 용어에 종속시키기를 그만하고, 만백성의 살림과 관련된 문학으로 회복해보자는 취지에서 이루어졌다. 일차적으로는 지식인들이 최근 무분별하게 사용하는 '융합'이라는 핵심어를 전유함으로써 제도권을 개선해보려 했다. 지식인을 양성하는 제도권이 문제라면 이를 떠나 새로운 장을 기획하기보다, 그 내부에서 지식인으로서의 역할을 반성하고 시인의 정신을 재교육하는 장을 기획해보자고 했다.

연구자, 교육자, 평론가, 시인 등 여러 지식인을 모았다. 이들에 의해 제1부는 신동엽의 정신을 돌아보고자 융합적 인간상을 살펴보는 작업으로 구성됐으며, 제2부는 융합적 인간상을 꿈꾸고 실천해보려는 작업으로 구성됐다.

부속품처럼 결정된 역할을 맹목적으로 답습하기보다, 여기 모인 지식인들이 먼저 나서서 한반도에 잠재한 수많은 모순을 제대로 알고, 비판적으로 자기의 역할에 책임질 수 있는 융합적 인간이 되기를 기대해본다. 문명기구를 살찌우는 것이 아니라 문명으로 인해 파괴된 미래를 살찌우기 위해, 전체를 사유하여 과거와 미래를 이어줄 수 있는 융합적 인간을 간절하게 꿈꾸어본다.

제1부

신동엽, 융합적 인간형의 구상

남기택

01 | 기억의 형식

기억은 늘 정치적이다. 이 말은 쉽게, 누구든 기억하고 싶은 것을 우선 떠올린다는 습성을 비유한다. 2013년 현재 '융합적 인간과 한국문화의 발견'이라는 다소 과장된 표제로 신동엽 시를 다시 읽는 이 순간도 정치적 기억의 기제가 작동하고 있을 것이다. 1969년에 마감된 신동엽 시세계가 지니는 실정적 의미, 그의 문학이 구성하는 한국 문학장의 현재. 이들에 관한 숙의는 충분한 시의적 의미를 지니겠지만 결코 쉽게 일반화 혹은 정당화할 수 있는 논제는 아니다.

에두르는 차원에서, 1990년대를 재현하며 회자되고 있는 드라마를 통해 기억의 형식에 대해 생각해보기로 한다. 한 케이블 채널의 드라마 '응사'(《응답하라 1994》)는 당대 대학가를 배경으로 젊은이들의 우정과 사랑을 다룬다. 1997년을 그렸던 이전 작품의 인기에 힘입어 기획된 이 드라마는 소포모어 징크스(전작보다 후속작이 부진한 경향)를 비웃으며 지상파 드라마를 위협하기도 한다. 재미있고 디테일한 20여 년 전의 대학가 풍경은 폭넓은 시청자 층을 형성하며 멋지고 감동적인 우리 시대의 회상기를 써내려간다. 필자와 같이 당대 대학시절을 보냈던 사람들은 더더욱 망가져도 예쁜 나정(고아라 역)을 보며 웃고 우는 와중에 스스로에게 있었던 그때의 캠퍼스를 떠올리게 된다. 그 무렵 저들과 더불어 어딘가 존재했던 청춘들. 각자의 회상 속에는 무엇보다 소중했던 순간들이 웅크리고 있을 것이다.

왜 1994년일까? 그해에는 드라마에서 소재로 삼고 있는 것처럼 서태지, 삐삐, 농구, 야구, 미국 월드컵, 김일성 사망, 폭염 등의 키워드로 상징되는 다양한 이슈가 있었다. 수상하지 않은 세월이 어디 있겠냐마는 드라마를 통해 우연히 되돌아보게 된 그때는 말 그대로 다사다난한 한 해였던 듯하다. 그 많은 에피소드 중에서, 극에서도 내세우고 있는 것처럼, 가장 중요한 사건은 스무 살 청춘들의 우정과 사랑일 것이다. 너무도 싱그러운 젊음의 이미지들이 그때의 문화와 더불어 시간을 거슬러 생생하게 현재화된다.

1994년에는 위의 소재들 외에도 다양한 일들이 있었다. 인간이기를 거부했던 지존파 범죄, 사회적 거품과 부실의 상징이었던 성수대교 붕괴 등은 잘 알려진 사건이다. 기타 소강상태에 들었던 노동운동이 지하철과 철도 파업을 중심으로 반등의 계기를 맞자 이른바 문민정부는 군사정권 시절보다 덜하지 않은 공안정국을 조성하였다. 주사파 운동권이 북의 사주에 의한 것이라는 모 사립대 총장의 발언 전후로 대학가 역시 대대적인 탄압에 오랫동안 긴장해야 했다. 신자유주의의 구체태이자 전지구적 자본주의의 본격화를 상징하는 우루과이라운드 협상이 본격 진행되었고, 거리에서는 이에 저항하는 격렬한 시위가 지속되었다. 문단에서는 최영미가 화제의 첫 시집 『서른, 잔치는 끝났다』를 출간하며 시크하게 1980년대와 이별했던 게 떠오른다. 청춘의 음각들 역시 다양하여서 드라마처럼 곱고 순수한 사랑의 시절만은 아니었을 것이다.

모두의 명제대로 기억은 항상 정치적이다. 그렇게 볼 때 '응사'의 기억은 대부분 자본과 주류 대중문화가 허용하는 것들이라 할 수 있다. 알튀세를 빌자면 이데올로기의 호명을 통해 주체가 구성되듯, 우리는 시청률과 상품시장이 허용하는 범주 내에서의 기억을 우선적으로 선택하게 되는 셈이다. 이를 통해 울고 웃는 젊은 세대들이 상업주의의 호명으로부터 벗어나 자신만의 시선과 개성을 기억 한 켠에 잡아두려는 노력은 어떻게 가능할 것인가?

　신동엽 시가 지닌 현재적 의미는 이러한 정치적 기억의 구성과 관련된다. 신동엽은 「시인정신론」 등을 통해 이른바 전경인 사상을 구상(構想)한 바 있다. 역사를 전공한 양심적 지식인이요 현실 모순을 예민한 감수성으로 받아들였던 시인에게 있어서 시대적 곤란을 타개할 이념적 지표를 모색하는 일은 당연한 과제였을 것이다. 이러한 이론적 사유는 『금강』과 같은 걸출한 서사시를 위시하여 「껍데기는 가라」, 「산에 언덕에」 등의 서정시를 통해 구상(具象)된 바 있다. 시인 신동엽은 절차탁마의 언어를 부리되 기교에 연연하지 않은 시상으로 시대의 사유를 조각하였다. 이처럼 그의 시는 제도의 외부를 향한 원심적 지향을 미학 원리로 지닌다. 그리하여 신동엽 시는 1960년대를 호명하는 동시에 2010년대를 살아가는 태도를 환기한다. 이에 대한 사유는 성패를 떠나 그 자체로 텍스트 해석의 지평을 확장하는 동시에 정치적 기억의 향방을 견인하는 계기로서의 의미를 지닐 것이다.

02 | 전경인 사상의 실정성

　다시 모 자동차 그룹의 카피를 본다. "융합이란 뭘까요?"라고 묻자 여고생이 "합쳐지는 거"라고 대답한다. 광고는 이어 '전기전자＋화학＋IT＋신소재＝자동차'라는 큰 텍스트 위에 "융합, 생각보다 가까운 곳에 있었네요"라는 내레이션이 오버랩된다. 융·복합이라는 용어가 시대의 화두가 된 듯하지만, 광고 문구대로라면 우린 이미 융합적 제도와 상품시장 위에 살고 있는 셈이다.

융·복합이라는 트렌드는 아카데미 내에도 적극 반영되고 있다. 예컨대 최근 한 대학은 교양 교과목 영역에 융·복합 분야를 신설하고, 일정 연구비까지 지원하며 관련 교과목을 개발하고 있다. 문제는 진정성의 수위일 것이다. 예시한 대학의 경우 해당 교과목 콘텐츠를 준비하는 과정에 충분한 시간을 전제하지 않은 나머지 지극히 형식적인 개발이 되고 있다. 기존의 약식 강의계획서 형태를 골자로 하는 A4 한두 쪽의 '연구계획서' 속에 얼마나 많은 고민과 이론적 경험을 반영하고 있을지 의문이다. 시대를 지배하는 패러다임은 변모되어 왔다. 이러한 트렌드를 반영하고 선도하는 것은 대학과 지식인의 의무이기도 하다. 그렇다고 해서 진정성을 상실한 추수주의가 되어서는 곤란할 것이다.

80년대를 지나면서 이른바 거대담론의 해체는 하나의 뚜렷한 현상이었고, 그에 따라 신동엽 시의 민족주의적 색채는 60년대라는 당대적 의의를 벗어나기 어렵다는 평가가 제기되었다. 그렇다면 오늘의 미분화된 시대를 다시 살아갈 신동엽 시의 방식이란 것이 존재할 수 있는가. 이때 주목되는 것이 신동엽 문학관의 핵심인 '전경인(全耕人)'의 시학이다.

> 땅에 누워있는 씨앗의 마음은 原數性 世界이다. 무성한 가지 끝마다 열린 잎의 세계는 次數性 世界이고 열매 여물어 땅에 쏟아져 돌아오는 씨앗의 마음은 歸數性 世界이다.
>
> 봄, 여름, 가을이 있고 유년 장년 노년이 있듯이 인종에게도 太虛 다음 봄의 세계가 있었을 것이고, 여름의 무성이 있었을 것이고 가을의 歸依가 있을 것이다. 시도와 기교를 모르던 우리들의 原數世界가 있었고 좌충우돌, 아래로 위로 날뛰면서 번식 번성하여 극성부리던 次數世界가 있었을 것이고, 바람 잠자는 석양의 老情 歸數世界가 있을 것이다.(「시인정신론」)

주지하는 바와 같이 신동엽은 '원수성', '차수성', '귀수성'이라는 개념으로 역사를 진단한다. 인류의 원래 세상은 원수성 세계로서 "시도와 기교를 모르던" 평정의 시공간이었다. 그러나 문명과 더불어 원래의 이상적 세계는 차수성 세계가 되었고, 계절이 변하듯 인류의 삶 역시 귀수성 세계로 되돌아가야 한다는 것이 위 글의 기본 구도이다.

신동엽의 전경인 사상은 순환론적 세계관의 전형적 형태로서 오늘날과 같은 현대주의의 시대에 원형적 가치를 환기하는 탈근대적 사상으로 상찬되기도 한다. 한편 모더니티라는 공준이 보편화된 현실에 비추어 시대착오적 공상으로 평가하는 경향도 존재한다. 텍스트의 잠재적 가치를 어떻게 현실화하느냐의 문제는 논자의 주관과 판단에 일차 의거한다. 이때 작동하는 예술적 세계관이라는 준거 자체가 상대적이기에 적어도 문학을 논하는 데 있어서 절대적 판단이란 존재할 수 없다. '시대착오적 과잉결정'[1]을 경계하며 신동엽 시론의 실정성을 생각해야 할 것이다. 전경인론의 융합적 지평에 관한 사유는 시대 변화와 그에 따라 달라진 이론적 수위에 연동된다. 앞서 거론한대로 정치적 기억의 구성을 위해 필요한 것은 전경인 사상의 실정성을 뒷받침할 수 있는 구체적 논거의 확보이다.

오늘날 우리 문학장은 일종의 위기에 처해 있다. 문화적 유산에 갈음하는 예술의 보고이자 시대를 견인하는 지적 양심의 요람이던 그곳이, 이제 더 이상 그런 위상을 찾아보기 힘든 실정에 놓여 있다. 이른바 신자유주의와 다양성의 기치 아래 개성을 강조하는 양상은 정론장 기능을 상실하고 '죽음'을 맞이한 문학장의 현재를 반영하고 있는 듯하다. 문학장의 역사를 되돌아

* * *

1. 이는 한 논자가 김수영 시에 관해 해체주의적 사유의 대입 식 해석을 경계하는 표현이었다(김명인, 『김수영, 근대를 향한 모험』, 소명출판, 2002, 313-321쪽 참조). 이는 신동엽 해석과 관련된 입장들에게도 적용될 수 있는 시선이리라 본다.

보면 주변부 근대라는 실정적 여건 속에서도 부단한 노력과 자기 갱신을 통해 예술적 성가를 높임은 물론 사회적 견인차의 역할을 수행해 왔음을 알 수 있다. 그 역사적 도정에서 현대 예술의 패러다임, 예컨대 미적 근대성이라는 원리는 일종의 공준으로 작동해 왔다. 이는 분명 이성중심주의 시대에 미학 담론의 핵심 논거이자 결과임이 분명하다. 그러나 맹목적인 합리성의 추구는 아도르노 식 도구적 이성의 병폐를 한편으로 드러내었던 것 또한 부정할 수 없는 사실이다.

합리주의 이면에 모순의 지점이 실재한다. 맹목적 이성의 광기와 폭력, 그 제도적 한계가 공공연한 이즈음 문학장이 나아가야 할 방향을 진지하게 반성하는 시간이 소모적일 수만은 없다. 그 속에는 문학 역시 사회적 기제의 하나로서 시의적이고도 실천적인 당대의 위상을 지녀야 한다는 당위론이 내포된다. 근대적 문학장의 메커니즘이 제도와 계몽의 구축이라는 목적에서 형성되었다는 사실은 이데올로기와 문학장의 불가분한 관련을 선험적으로 증거하고 있다. 문학장을 포함하여 우리 시대와 사회가 진지한 반성적 성찰을 견지해야 함은 효율적 시스템의 확대 재생산에 따른 역설적 태도이기도 하다. 디지털이 상징하는 첨단 효율의 시대에 보다 근본적이고 아날로그한 반성의 시간을 그리워함은 지적 이기나 현학만은 아닐 것이다. 신동엽 시의 실정적 위상은 이러한 입장으로부터 초석이 놓인다.

요컨대 신동엽 시의 융합적 지평은 전경인론에 담긴 순환론적이고도 불연속적인 세계관, 그 과정에 매개되는 근대라는 제도의 발본적 부정, 그리고 그 미학적 구체태들의 중층적 경계 등으로부터 발견된다. 신동엽 시의 경계라 함은 다층적 형식의 수위를 가리킨다. 신동엽의 '알맹이' 정신은 비타협적 민족정신을 상징하기도 하지만 그것을 형상화하는 시적 표현들은 지순한 서정과 언어적 조율을 통해 긴장을 품는 경우가 많다. 주변은 본질이 산포되는 전략적 대상이기도 한 것이다. 이들 요소는 융합적 인간과 예술을 '사후적으로' 구성하고 있다.

03 | 기념비의 아이러니

오늘날 신동엽은 하나의 콘텐츠가 되었다. '신동엽학회', '신동엽문학관', '신동엽문학상' 등의 제도는 정당성 여부와 무관하게 우리 시대의 문화콘텐츠로서 신동엽을 실증하고 있다. 자신의 이름을 건 문학제도와 아카데미의 존재는 융합적 인간의 구상과 완성을 위한 가장 강력한 논거일 것이다. 시대와 역사를 관류하는 신동엽 시의 현재성이 이로부터도 귀납되는 바이나 이런 정황이 그저 순조롭지만은 않은 듯하다.

신동엽과 관련된 기념비들이 제도화되는 과정에는 우여곡절이 있어 왔다. 필자의 경험을 바탕으로 몇 가지 기억을 재현해보고자 한다.[2] 소요는 의외의 통찰을 계기하기도 한다. 가벼운 기행 속에 삶의 의미를 깨닫는 반전이 종종 포함되듯이, 신동엽 시를 둘러싼 주변 삽화는 그간의 관성적 시각이 닿지 못하는 이면을 발견하는 수단이 될 수도 있다. 우선, 신동엽 시비와 관련된 일화는 잘 알려진 사례이다. 「산에 언덕에」를 새긴 부여의 시비는 그가 사망한 이듬해인 1970년에 세워졌다. 원래 계획은 부여 정경을 볼 수 있고 전망 좋은 부소산 기슭에 세우고자 했으나 일부 주민들의 반대로 백마강변에 자리할 수밖에 없었다고 한다. 반대 이유는 신동엽의 전력과 관계되는데, 그는 전주사범 재학 시절 동맹휴업에 가담한 적이 있고 한국전쟁 중에는 국민방위군으로 징집되었다가 탈출하기도 한다. 또한 시작 활동에 있어서도 이념 논쟁에 휘말려 본의 아닌 고통을 받기도 했으니, 이처럼

• • •

2. 이하 부분적 내용은 졸고, 「신동엽, 세 편의 에피소드」(『문예연구』, 2004년 여름호) 및 「다시, 신동엽 시의 현재성」(『작가마당』, 14호, 대전충남작가회의, 2009. 6) 등의 일부분을 단행본 의도에 맞게 수정 및 재구성.

반공추모비와 시비(오른쪽 끝)

'불온한' 사상이 농후한 시인의 기념비 자리로 명당을 내줄 수 없었던 모양
이다.

그렇게 세워진 신동엽 시비의 바로 옆에는 그것보다 훨씬 '웅장한' 규모
의 반공추모비가 우뚝 서 있다. 정확한 명칭은 '반공순국애국지사추모비'인
데, "反共은 삶의 길이요 임들은 平安하소서"라는 제사로 시작되는 초석의
일부를 인용하면 다음과 같다.

> 우리는 祖國光復 以後 오늘에 이르기까지 天人共怒할 共産徒輩들의 蠻行으
> 로 反共戰線에서 나라와 겨레 앞에 억울하게 犧牲되신 反共殉國愛國志士 英靈
> 을 追慕하고 冥福을 비오며 그 遺族을 慰勞하고 우리의 對共警覺心을 더한층
> 鼓吹昂揚시키는 한편 우리의 나아갈 길을 가다듬고져 합니다.

1987년 대선을 전후하여 반공주의자들의 표를 의식해서 급조된 것이라고도 하는 이 비석에는 건립일이 1988년 4월로 기록되어 있다. 위의 비문을 보노라면 구구절절 애국심이 묻어남을 느끼게 된다. 이는 추모비가 건립될 당시의 반공 이데올로기를 전형적으로 보여준다. 투철한 반공정신의 상징 탑과 불온한 사상의 소유자요 당대의 민족시인이었던 신동엽. 이들이 한 자리에 모여 있는 풍경은 묘한 아이러니가 아닐 수 없다. 향토 정서에 기초하며 진정한 민족적 원형의 복원을 위해 노력했던 시인을 기념하는 고향의 시비는 오히려 초라하기만 하다. 여전한 반공비의 위용 앞에 퇴색해가는 신동엽 시비의 풍경은 그가 애타 그리던 고향의 모습이 점차 사라져가고 있는 오늘날의 세태를 말없이 웅변하는 이미지라 하겠다.

다음으로, 묘소를 가리키는 이정표 이야기이다. 부여에서 논산 방면 국도로 들어서서 3km 정도를 가다보면 국도 왼편으로 백제 왕릉이 보존되어 있는 능산리 고분군이 보인다. 이곳에 이르기 전 국도 우측으로 난 지방도를 따라 조금 더 들어가면 나타나는 능산리 야산에 신동엽 묘소가 있다. 묘소를 가리키는 이정표는 두 개가 있는데 국도변에서 묘소 방향으로의 지방도 입구에 세워진 것이 하나요, 지방도를 따라 다시 1km 정도 들어가서 묘소로 오르는 야산 입구를 가리키는 것이 다른 하나다. 두 번째 이정표의 방향으로 산을 조금 오르면 만나게 되는 아담한 묘소와 묘비가 신동엽의 것이다.

필자는 20여 년 전 여름, 그의 묘소를 처음 찾았다. 몇 차례 부여를 방문했었지만 묘소까지 가 본 적은 없었던 터라 작심하고 나선 길이었다. 스마트폰도 네비게이션도 없던 그때, 홀로 나선 초행길이라 이정표에 의지할 수밖에 없었다. 첫 번째 이정표는 쉽게 찾아서 무난히 국도에서 묘소로 가는 지방도로 접어들 수 있었다. 그런데 곧 보여야 할 두 번째 이정표는 한참을 들어가도 보이지 않았다. 첫 번째 이정표에는 '신동엽 묘소 1.3km'라고 기록되어 있었던 것이다. 아니겠다 싶어 차를 돌려 나오면서 보이는 사람들마다 멈춰 물어봤지만 네댓 사람 만에야 묘소 입구를 안내받을 수 있었다.

그해 여름은 유난히 비가 많았다. 모든 것을 집어삼키던 태풍의 위력은 서 있던 것을 많이 쓰러뜨렸고, 엉뚱하게 현수막 지지대로 활용되던 두 번째 이정표 역시 예외는 아니었다. 묘소로 오르는 입구에서 어렵게 발견한 두 번째 이정표는 무성히 자란 풀밭에 숨어 누워 있었다. 소박한 이정표이기는 했으나 통나무로 만든 무게를 혼자 일으켜 세우긴 무리여서 묘소를 방문하고 돌아오던 길에 군청 문화예술과에 전화를 했다. 이정표를 세워달라는 뜬금없는 민원 전화에 당혹해하며 관할 업무가 아니라고 난색을 표하는 목소리가 들렸다. 몇 달 후 근처를 지나는 길에 다시 찾아보았을 때에도 묘소 입구의 이정표는 여전히 누운 채 방기되어 있었다.

이들 기념비의 아이러니컬한 풍경은 필자에게 신동엽 시의 민족주의를 다시 생각하는 계기를 제공했다. '민족시인'이라는 에피셋이 상징하는 것처럼 신동엽에게 시와 민족은 불가분의 관계에 놓인다. 신동엽 시에서 파행적 현실에 처한 동시대인들은 "文明높은 어둠 위에 눈은 나리고 / 쫓기는 짐승 / 매어달린 世代"(「……싱싱한 瞳子를 爲하여……」)일 수밖에 없으며, 이들 세대가 처한 비극적 운명의 지속적인 시화로 인해 그는 이른바 민족시인으로 정형화되기에 이른다. 같은 맥락에서 신동엽의 시에는 비민주와 분단, 외세 개입 등 민족적 시련에 대한 형상화가 항용 나타나고 있다. 나아가 개인적 이력에서도 볼 수 있듯이 역사에 대한 관심은 민족적 삶의 기원과 전개에 대한 깊이 있는 인식을 낳았다. 그의 시에서 역사의식은 민족의 현재적 파탄을 극복하기 위한 이론적 교두보였던 셈이다.

지금은 싸우는 時代다. 言語가 民族의 꽃이며 그 民族의 共同體的 狀況을 歷史感覺으로 感受받은 言語가 즉 詩라고 할 때, 오늘처럼 祖國과 民族이, 그리고 人間이 굶주리고 학대받고 外侵되어 울부짖고 있을 때, 어떻게 해서 찡그림 속의 살아픈 言語가 아니 나올 수 있을 것인가.(「신저항시운동의 가능성」)

위의 진술에서처럼 신동엽에게 있어 언어는 민족의식의 정수요, 시는
역사의식에 바탕하여 민족적 삶을 그려내는 도구이다. 민족은 시와 언어의
준거가 되고 있다. 한편 이러한 민족의식은 또다른 형이상학적 폭력을 동반
한 것이기도 하다. 형이상학적 민족관은 과거 공동체의 낙원으로 등장하고
있는 이미지들을 통해서도 확인할 수 있다. 예컨대 신동엽은 전근대의 평화
로운 풍경에 대해서만 동경하고 있지 그 속에 존재했던 억압에 대한 비판은
인색하다.

> 地主도 없었고
> 官吏도, 銀行主도,
> 특권층도 없었었다.
>
> 半島는,
> 평등한 勞動과 평등한 分配,
> 능력에 따라 일하고
> 필요에 따라 分配,
> 그 위에 百姓들의
> 祝祭가 자라났다.
>
> —『금강』 제6장, 부분

『금강』에서처럼 상고시대의 역사에 대한 긍정적 가치 부여는 유사 이래
의 역사를 부정하는 귀수성의 구도와 대립되기도 한다. 또한 억압의 현재와
평등의 과거라고 하는 이원적 대립구도의 단순화된 현실 인식은 복잡한
근대의 지형을 상징하기에는 한계가 있다는 지적도 가능하다. 이는 근대의

이항대립적 패러다임을 다른 형태로 반복하는 것일 수 있다. 무엇보다도 민족 담론이 60년대 권력의 자기 증식을 위한 이데올로기적 기제이기도 했다는 사실은 민족에의 귀의가 지니는 문제적 성격을 반증한다. 탈식민주의의 전범으로 기억되는 파농에게 있어서도 배타적 민족주의는 인간 해방의 관점으로 질적 선회를 거쳐야 할 단계적 전술이었다. 또한, 합리성으로 위장된 근대의 인식 체계를 부정하고 총체성의 복원을 향한 모색에도 불구하고 신동엽의 역사의식은 영원회귀의 순환론적 시간관에 근거하고 있다. 그가 강조하는 원수성의 세계와 귀수성 세계의 도래에 대한 믿음은 혁명의 역사에 내재된 발전 과정을 고려하지 못하고 구체적 현실을 추상적 묘사로 대치한다는 비판에 직면하게 된다.

그럼에도 불구하고 신동엽의 역사의식 속에는 근대에 대한 역동일시의 관점에서 미결정적 시공간이 기획되고 있다는 점에 주목해야 한다. 차수성 세계의 일환인 봉건사회에 대한 미화가 논리적 모순일 수도 있으나 분리와 착취가 없는 질서를 유지하는 한 차수는 원수성의 질을 내포하게 된다. 즉 신동엽 시에 등장하는 전근대적 과거란 공동체의 긍정적 가치로부터 추출된 선택적 역사라고 할 수 있다.

「껍데기는 가라」가 민족 문제라는 무거운 주제를 담고 있으면서도 서정적 형상화에 성공함으로써 60년대의 대표적 작품으로 예시되고 있는 것은 우연의 결과가 아니다. 백낙청이 「살아 있는 신동엽」을 통해 지적한 바대로 이 작품은 언제 읽어도 현재적 가치를 재구하는 살아 있는 절창이라 할 만하다. 그것은 4·19에 대한 반성과 동학년의 전통에 대한 인식을 전제로 궁극적인 덕성과 진리의 길을 짧은 형식에 상징적으로 제시하고 있기 때문이다. 여기서 신동엽이 기대는 "향그러운 흙가슴"의 원천은 아사달 아사녀의 평화로운 공동체가 된다. 시에서 펼쳐지는 의식과 형상이 실제 역사에서 근거한 것이 아니듯이 궁극적 평화의 장은 '미개지(未開地)'로서의 역사라

쓰러진 이정표

할 수 있다. 문명 이전의 미결정의 세계가 원수성의 세계라 한다면 신동엽의 시세계에서 이상적 질서로 묘사되고 있는 것은 그러한 미결정의 질서를 향한 기획의 역사가 된다. 즉 과거 특정한 한 시점이 아니라 현재의 가치판단을 끌고 가 사후적으로 재구성된 기획의 시공간이 곧 신동엽 시의 전근대적 이상인 것이다.

이처럼 신동엽 시세계는 현재와 과거를 등재하는 과정 속에 모순된 역사를 끊임없이 지양하고 있다는 점에서 문제적이다. 근대의 패권주의가 가져온 민족모순의 극복이 오늘날에도 요원한 실천적 과제임을 인정할 수밖에 없다면 신동엽 시는 당대를 넘어 여전한 시의성을 지닌다. 신동엽은 당대의 문명이 왜 근본적으로 거부되어야 하는가를 민중적 세계관에 기대어 일관되게 시화했을 뿐이지만, 이면의 질서를 발견하고 복원하려는 문제의식은 시대를 넘어서는 성찰의 방식을 제공해주고 있다.

필자는 쓰러진 이정표를 보았던 이듬해 신동엽 묘소를 다시 찾았다.

이미 익숙해진 길이라 이정표를 보지 않고도 국도에서 묘소 방향의 지방도
로 접어들었고, 묘소로 오르는 야산 입구에서 지난해에 쓰러져 있던 이정표
가 다시 세워진 것을 확인할 수 있었다. 잊힌 전설은 아니었구나 하는 안도감
으로 돌아 나오는 길에 문득 국도변의 첫 번째 이정표가 보이지 않음을
깨달았다. 이번에는 그것이 쓰러져 있었다. 민족시인의 죽음을 알리는 이정
표는 1년여의 시차를 사이에 두고 사이좋게 번갈아가며 쓰러져 있었던
것이다. 이들 에피소드는 이미 오래된 추억이 되었다. 오늘날 신동엽 시는
명실공히 제도화되고 있다. 이에 대한 자기반성과 철저한 관리가 없다면
쓰러진 기념비의 재현이 다시없을 리 없다.

04 | 재구성된 경계 혹은 로컬 히스토리

신동엽 시의 융합적 경계는 무정부주의와 여기 수반되는 제3세계성에서
도 발견된다. 신동엽의 무정부주의 사상과 관련해서도 필자가 겪은 일화를
소개하면 다음과 같다. 신동엽 30주기 기념문학제가 있었던 1999년의 일이
다. 문학제의 일환으로 작가회의가 주관한 '신동엽문학 심포지엄'에서
유종호, 강형철 등이 발표자로 참여했다. 그 중 유종호는 「뒤돌아보는
예언자—다시 읽는 신동엽」이라는 글을 발표했다. 이 글은 신동엽이 초기
시의 난삽한 경향으로부터 간결(簡潔)·직절(直截)한 수사의 묘미를 성취하
는 급속한 발전을 이루었다고 지적하고, 『금강』에 표현된 민족주의와 평등
주의의 정신을 재확인했다. 나아가 "임화가 해방 전의 현실주의 시를 대표
하는 시인이라 할 수 있다면 신동엽은 임화 이후의 한 시기를 대변하는
빼어난 현실주의 시인"이라 규정하였다.

발표와 지정토론이 끝난 자유토론 시간에 나이 든 한 참관자가 번쩍
손을 들고 일어났다. 그는 자신을 신동엽과 동문수학했던 지인이라고 밝힌

후 크로포트킨에 대해서 언급했다. 신동엽은 학창시절에 크로포트킨과 무정부주의에 심취해 있었으니, 이를 간과하고서는 신동엽을 말할 수 없다는 것이었다. 그리하여 무정부주의에 담긴 정치적 의미와 실천을 생략한 발표 내용에는 문제가 있다는 반론이었던 것으로 기억된다. "신동엽이 포용하고 있던 혁명적 낙관주의 혹은 낭만주의나 소외 없고 착취 없는 원시공동체서 시작하는 거대담론에 대해서 회의적"이라는 발표문의 논지에 대한 반론인 듯했다. 물론 유종호는 질의자의 감정적 반응을 일면 수용하고 일면 일축하면서 객관적 작품 분석의 중요성을 훈계하며 토론을 마쳤다. 토론 결과를 떠나서 눈물까지 글썽이며 신동엽 시의 진정성을 강조했던 질의자의 모습이 필자에겐 인상적이었다.

신동엽이 크로포트킨을 얼마나 자세히 알았는지를 구체적으로 확인할 수는 없다. 성민엽의 정리(「신동엽 평전 — 껍데기는 가라」, 『신동엽』)에 따르면 신동엽이 전주사범 시절부터 성경과 함께 특히 주목한 크로포트킨은 이후에도 지속적인 관심으로 이어져 관련된 저서를 구하지 못해 안타까워한 적도 있었다고 한다. 크로포트킨의 저술이 우리말로 소개된 시기는 3·1운동 이후이다. 해방 직후 크로포트킨의 소책자들이 소개되었고, 1948년에는 『상호부조론』이 발간된다. 하지만 본격적으로 그의 저서가 번역출간된 것은 70년대에 이르러서이다.[3] 이러한 저간의 사정 상 신동엽에게 크로포트킨의 영향은 깊이 있는 이론적 섭렵을 전제한 것이라 보기 어려울 듯하다. 신동엽의 작품을 일별할 때 무정부주의에 대한 정치한 인식을 바탕으로 하고 있다기보다는 낭만적 열정에 기초한 낙관적 이상주의의 성격이 강한 것이 사실이다.

* * *

3. 이문창, 「크로포트킨과 그의 시대」, P. A. 크로포트킨, 김유곤 역, 『크로포트킨 자서전』, 우물이 있는 집, 2003, 595-596쪽.

그간의 신동엽론 속에는 무정부주의적 관점에서 해석하는 견해가 없지 않다. 그러나 시를 통해 본 신동엽의 의식이 심층적 이론에 근거한 것이라고 확신하기는 어렵다. 그의 시는 평화로운 공동체적 질서에 기초하여 민족의 원형적 감성을 회복하는 것이 주된 목표였으며, 부정적인 현실의 외압을 '껍데기'와 '쇠'로 일반화했다. 그럼에도 불구하고 현실에 대한 분명한 부정과 이에 대한 폭로는 혁명적 의식을 지닌 사상가로서의 면모를 증거하는 형상들이라 하겠다.

> 가리워진 안개를 걷게 하라, ·
> 國境이며 塔이며 御用學의 울타리며
> 죽 가래 밀어
> 바다로 몰아 넣라.
>
> 하여 하늘을 흐르는 날새처럼
> 한 세상 한 바람 한 햇빛 속에,
> 만 가지와 만 노래를 한 가지로 흐르게 하라.
>
> 보다 큰 集團은 보다 큰 體系를 건축하고,
> 보다 큰 體系는 보다 큰 惡을 釀造한다.
>
> 조직은 형식을 강요하고
> 형식은 僞造品을 모집한다.
> 하여, 傳統은 궁궐안의 上典이 되고
> 조작된 權威는 주위를 侵蝕한다.

국경이며 탑이며 一萬年 울타리며

죽 가래 밀어 바다로 몰아 넣라.

—「이야기하는 쟁기꾼의 大地」 제5화

위에서는 이른바 전경인의 혁명적 발상을 볼 수 있다. 근대의 각종 제도와 질서를 밭 갈 듯 뒤집어버려야 한다는 명령은 혁명의 슬로건과도 같다. 또한 혁명은 모든 체계를 부정하는 것이기도 하다. 이러한 인식은 볼셰비즘과 같은 대안 권력 역시 또 다른 폭력이 될 수 있다는 무정부주의적 문제의식을 공유하고 있는 지점이라 하겠다. 모든 집단과 체계를 부정하거나, 여타 시편들에 산재되어 나타나는 중립의 정신은 크로포트킨 식 무정부주의의 시적 상징으로 읽히기도 한다. 특히 크로포트킨의 '상호부조론'은 신동엽 시의 중립주의와 연관된다. 대립과 폭력보다는 상호간 협조와 상생의 정치를 강조하는 것이 신동엽 식 상호부조의 형태였던 것이다. 나아가 노자에 대한 관심도 신동엽 시와 무정부주의를 연관짓는 하나의 근거가 된다. 스스로 강조한 바 있는 "大國을 다스림은 흡사 조그만 生鮮을 지짐과 같아야 한다(治大國, 若烹小鮮)"(「서둘고 싶지 않다」)라는 『도덕경』의 정신과 같이, 신동엽은 자연의 원리에 반하는 인위적인 질서와 기획을 분명한 어조로 거부하고 있다.

신동엽은 크로포트킨의 정신을 이어 민중의 해방을 위한 혁명적 실천을 시로써 강조했다. 진정한 휴머니즘의 정신이 아나키스트를 만들었듯 시적 혁명을 위해 짧은 생을 바친 진정성이 신동엽에게 있다. 신동엽은 시적 저항의 단선적 구도에도 불구하고 서정적 미학의 정수를 보여준 천성의 시인이기도 했다. 신동엽의 시적 저항을 민족적 서사로만 등치시킬 수 없는 것, 크로포트킨을 닮으면서도 다를 수밖에 없었던 것은 이와 같은 입론의 차이라고도 할 수 있겠다. 문학은 시와 혁명이 만나는 신동엽 식의 재구성된 경계였던 것이다.

　　세상 사람들의 소리와 표현이 좀더 부드러워지고, 좀더 低音으로 낮아지고,
좀 더 정감있는 폭신폭신한 살소리로 녹아 스밀 수 있게 된다면 이 세상은
얼마나 다정스러워지고 평화스러워질까.(「시끄러움 노이로제」)

　　그리하여 신동엽은 부드럽고 저음의 표현, 정감 있고 폭신한 '살소리'를
평화로운 세상의 전제 조건으로 상정하고 있다. 언어는 민족혼의 실체이며
위기에 처한 민족 운명을 구제해야 하는 혁명의 도구이면서도 한없이 낮고
부드러운 본연의 품성을 지니고 있다. 그에 따라 신동엽의 목소리는 천성적
으로 낮고 부드러운 율조를 지향하면서도 민족적 삶을 복원하려는 데 초점
화된다. 신동엽의 시적 저항은 이렇게 양가적 화성을 통해 공명되고 있다.
이러한 혁명의 태도는 언어의 기교에만 한정되지 않는다.

　　앞서 살핀 것처럼 신동엽 시를 이해하는 관건으로서의 민족과 역사 역시
여러 층위를 전제해야 한다. 역사라는 개념 또는 그에 대한 가치평가는
본성상 인간의 주관과 판단이 매개되지 않을 수 없다. 아무리 객관적 역사를
주장한다 하더라도 거기에는 불가불 기술자의 관점이 반영될 수밖에 없는
것이다. 그리하여 대개 역사는 승리자의 역사, 지배층의 역사라 할 수 있다.
이를 상쇄하는 개입의 두 층위, 즉 과거 속에서 공동체의 질서를 상징하는
알맹이들을 선별하는 개입과 모순을 극복하기 위한 현실 질서의 재편이라
는 개입 등을 신동엽의 민족과 역사는 '선택적으로' 함의하고 있다.

　　또한 신동엽 시세계는 근대의 물신주의, 서양 중심적 패러다임에 대한
분명한 적대감을 표명하고 있다. 서양에 대한 동일시와 모방을 거부하면서
주체적인 정서와 사상의 시화를 역설하고 있는 것이다. 바바에 따르면 제국
의 모방은 완전한 동일시가 불가능하다는 점에서 언제나 불안하며 극복의

계기를 내포하는 양가적 지위를 지닌다. 그러나 그것은 서양으로의 중심 이동이라는 존재론적, 이론주의적 경사를 필연적으로 내포한 발상이라는 점에서 문제적이다. 신동엽의 지향은 근대주의에 대한 역동일시를 향한다. 그로부터 빚어지는 다양한 효과가 있다면 언어의 이중성이 그 하나였고, 그 밖에도 제국주의의 세계지배 구도와 제3세계성을 획득하는 단초들("도오꾜 교외 논뚝 길을 / 한국 하늘, 어제 날아간 / 異國 병사는 / 걷고. // 히말라야 山麓, / 土幕가 서성거리는 哨兵은 / 흙 묻은 생 고무말 벗겨 넘기면서 / 하루삔 땅 두고 온 눈동자를 / 회상코 있을 것이다", 「풍경」), 매판자본의 억압성에 대한 적시("越南으로 떠나는 북소리"나 "섬나라에 굽실거리는 銀行소리", 「서울」), 수동성과 타자성의 상징에 대항하는 능동적 여성성의 모티프("선택하는 자유는 저한테 있습니다 / 좋은 씨 받아서 / 좋은 神聖 가꿔보고 싶으니까", 「여자의 삶」) 등을 볼 수 있다. 나아가 시극(「그 입술에 파인 그늘」) 및 오페레타(「석가탑」)의 제작, 상연과 같은 다양한 장르 실천 역시 주목해야 할 시적 혁명의 증거들이다. 이는 신동엽 시세계의 융합의 지평을 형성하는 주요 기제들이라 하겠다.

신동엽의 시세계는 크로포트킨의 무정부주의에 근거하면서 또한 넘어서는 다양한 변주 양상을 보여주고 있다. 또한 근대/식민 세계체계의 근본적 모순을 인식한 60년대의 사례라 할 수 있다. 미뇰로에 따르면 경계영지(border gnosis) 혹은 경계사유(border thinking)의 입장에 서지 않으면 근대/식민 세계체계가 형성한 '글로벌 디자인'의 인식론적 폭력을 벗어날 수 없다.[4] 신동엽 시가 함의하고 있는 융합의 요소들과 다층적 경계는 미뇰로 식 표현대로 글로벌 디자인을 돌파하는 '로컬 히스토리'로서의 시선을 환기한

• • •

4. 월터 D. 미뇰로, 이성훈 역, 『로컬 히스토리/글로벌 디자인』, 2013. 미뇰로는 "경계사유는 식민주의적 차이를 이해하지 않고서는 생각할 수 없"(31-32쪽)으며, "경계영지는 근대/식민 세계체제의 외부 경계들에서 품은 지식"(40쪽)이라 특징한다.

다. 이러한 시선과 시상의 잠재적 가능성을 현재화하려는 추상 스스로가 경계를 재구성하는 실천이요 융합적 인간형의 실체일 것이다.

05 | 문명에서 문화로

일생을 시와 사랑과 혁명을 꿈꾸며 살고자 했던 신동엽. 그의 문학적 실천 과정은 민족의 외피와 내질을 선명하게 구분함으로써 인식론적 폭력을 동반하기도 하지만, 생래적 서정의 힘으로써 시적 긴장을 유지하고 있다. 그의 시편들은 낮은 목소리로 말하면서, 일상어와 산문투의 시작 전략은 물론 다양한 장르 실천까지 보여주었다. 그 과정에서 "나 돌아가는 날 / 너는 와서 살아라 // 묵은 순터 / 새 순 돋듯 / 허구많은 自然中 / 너는 이 근처 와 살아라"(「너에게」)와 같이 자신을 바쳐 민족적 삶을 고민하고자 했던 시인의 자화상을 만나기도 한다. 고향을 그리는 시편과 산문에서도 확인할 수 있는 것처럼 신동엽 문학의 로컬리티와 정서는 미적 모더니티라는 공준을 넘어서는 미학적 기제이다. 문명의 세례에서 벗어날 수 있었던 역사・전기적 배경은 그 문명을 넘어서는 경계사유의 시선을 남겼다.

신동엽의 시대에 비하면 오늘의 현실은 정치, 경제, 문화, 사회 등 다방면의 차원에서 많이 달라진 것이 사실이다. 외세의 억압과 파행적인 공동체의 질서가 여전히 현실을 짓누르고 있지만, 대항 세력이 권력의 중심부에 서고 진보가 공론장의 대상이 되기도 한다. 이러한 시대에 신동엽의 시는 변함없는 울림과 민족 진로에 대한 예표로 기능할 수 있을 것인가. 백마강변 시비에 새겨진 「산에 언덕에」는 이런 질문에 이미 대답하고 있다.

　그리운 그의 얼굴 다시 찾을 수 없어도
　화사한 그의 꽃

山에 언덕에 피어날지어이.

그리운 그의 노래 다시 들을 수 없어도
맑은 그 숨결
들에 숲 속에 살아갈지어이.

쓸쓸한 마음으로 들길 더듬는 行人아.

눈길 비었거든 바람 담을지네
바람 비었거든 人情 담을지네.

그리운 그의 모습 다시 찾을 수 없어도
울고 간 그의 영혼
들에 언덕에 피어날지어이.

—「산에 언덕에」, 전문

　신동엽 시세계는 현실의 억압을 넘어 시원의 평화를 더불어 누리고자
하는 상생의 시학에 기초하고 있다. 사후적 해석이긴 하지만 위 작품은
자신의 시비를 위해 작성된 것이 아닐까 할 정도로 시인의 운명과 닮아
있다. 이 시는 자신의 모습을 더는 볼 수 없어도 산에 언덕에 피어나는
들꽃들을 통해 기억해야 하리라는 희망처럼 읽힌다. 인위와 기교에는 담담
하려 했던 소박한 시세계와도 적절히 어울린다. 그러나 현실은 지천의 사랑
을 향유하며 그에 감사하고 있는 것 같지는 않다.
　그럼에도 불구하고 신동엽 시가 선취한 융합적 인간형의 패러다임은
우리 시대의 담론과 정치적 기억을 재구하고 있는 중이다. 신동엽 시가

융·복합 시대에 하나의 콘텐츠로 기능할 수 있는 것은 다층적 경계의 지평이라 했다. 그런 전경인의 표제를 오늘날 시대적 콘텐츠로 기획하려는 의도는 일종의 문명론적 욕망에 가깝다. 하지만 「산에 언덕에」는 문명으로부터 문화로의 전환을 부른다.

미래의 기억 속에 신동엽은, 지금 여기는 어떻게 '정치적으로' 기록될 것인가. "문명에 대항하는 비결은 / 당신 자신이 文明이 되는 것"(김수영, 「미스터 리에게」)일지도 모른다. 새로운 시대를 견인할 서정과 형식은 문학의 운명적 고민일 수 있다. 하지만 현단계 문화콘텐츠로의 변모를 시도하는 시의 자리는 화려한 외양에도 불구하고 왠지 불편하기만 하다. 단선적 시간과 제도화된 공간을 넘어서는 경계사유 혹은 전경인의 시선이 필요하다. 거기 신동엽이 있다.

'혁명 서사'와 생명 회복의 드라마

김희정

1. 진보인가 퇴보인가

인류는 진보해왔는가 퇴보해왔는가? 기술 혁신 측면에서 본다면 인류는 분명 눈부신 발전을 거듭해왔다. 단적으로 서구의 직선론적 발전사관은 역사를 단순에서 복잡으로, 저차원에서 고차원으로 지속적으로 발전해온 것으로 본다. 그리고 인류 문명사를 경험적 지식을 이용한 탈자연화, 탈미신화를 통해 물질계를 적절히 통제할 수 있는 기술적 기반을 확장시켜온 도전과 응전의 역사로 설명하면서 문화와 예술 같은 정신계 역시 이러한 물질계의 발전과 함께 진보해왔다고 주장한다. 과연 그런가?

질문을 조금 달리해 보자. 우리는 과거에 비해 정말 풍요로워졌나? 질문의 방향이 달라지는 순간 서구적 발전사관은 금방 설득력을 잃고 만다. 기술 진보가 인류 생활 전반을 향상시켜왔다면 전쟁과 약탈, 빈곤과 불평등이 전 세계적으로 끊이지 않는 이유는 무엇인가? 곳곳에서 자행되는 자연 파괴와 이로 인한 자연의 역습에 우리가 여전히 직면하게 되는 이유는 무엇이고 편리와 효율로 무장한 첨단 도시 안에서 사람들이 극단적 피로와

"

불안을 느끼는 이유는 또 무엇인가? 실제 현실에서 무수히 발생하는 폭력과 부조리는 서구적 발전사관의 낙관주의가 얼마나 순진한 것인지 잘 보여준다.

그런 점에서, 신동엽 시가 던지는 메시지는 여전히 유효하다. 특히 그의 독창적인 '현대' 진단과 문명론은 서구적 발전사관이 맹위를 떨치던 1960년대에 제출되었다는 점에서 더욱 주목을 요한다. 그의 대표적 시론 「시인정신론」에 따르면 현 단계 문명은 앞선 문명이 퇴보한 상태라고 할 수 있다. 신동엽은 이를 논증하기 위해 '문명수(文明樹)'라는 신화적 기호를 등장시킨다. 그는 이 '문명수'를 인류 역사에 자양분을 공급하는 모태로 설정하고 인간과 자연의 영적 소통을 기반으로 하는 고대적 사유체계 속에서 문명의 가장 발전된 형태를 찾아내고자 했다.

> 우리는 어려운 시대, 어떻게 말하면 우스운 시대에 살고 있다. 우리의 大地 위에는 우리가 나오기 전 이미 한 그루의 古木이 서 있었다. 썩은 고목의 둘러리엔 행복한 甲蟲들의 행렬이 늘어붙어 오랜날부터 이어받아 온 관습적인 언어들을 赤靑으로 물들여 가며 기계적으로 뽑아 늘여 놓고 있었다. 순조롭고 합리적인 공동작업을 이룩하기 위하여 反盲目의 만인은 그 그늘로 기어 올라갔다. (중략)
>
> 黃河期를 벗어나 중세, 근대, 현대에 걸친 인류의 노력은 이상한 괴물같은 거대한 축대 위에 先業을 이어 받아가며 거의 맹목적 관습적 동작으로 돌을 쌓아 올리는 일로 집중되어 오고 있다. 우리 시대의 문명은 — 과학적 발전, 정치이론의 진보, 언어수사학의 개화 등은 모두 이 축대 위에서 피어났다. 이 축대는 그 체계 밑에서 일하고 있는 만인의 눈에 한편 구석에 서 있는 한 그루 고목으로서가 아니라 세계 자체, 말하자면 절대적 全—者, 바로 그것으로 인식되어져 오고 있는 것이다. 唯物과 唯理, 자연주의와 낭만주의, 실존과

이상 등 동일한 고목 위에 피어난 이들 버섯은 불행히도 자기들 스스로가
세계적 조화를 이루는 데 불가결한 절대적 성립자, 다시 말해서 뿌리를 달리하
고 있는 자립적 나무들이라고 착각되어 왔던 것이다.[1]

그의 진단에 따르면, '문명수'의 말단 가지들이 무성하게 뻗어나가 갈라
질수록 인간은 대지의 양분, 자연의 생명력으로부터 더욱 멀어져왔고, 지고
했던 정신의 수준 역시 인위적 건축물 속에 안착한 채 점점 축소되어 왔다.
또한 극단적으로 분화되어 버린 현대의 철학, 문학, 과학, 종교는 더 이상
대지에 뿌리 내리고 하늘을 향해 뻗어 올라갔던 거대한 '문명수'를 기억하지
못한다. 신동엽은 이렇게 문명 파탄 지경에 이른 '현대'가 얼마지 않아
고사(枯死)하고 말 것이라는 비관적 전망을 내놓는다. 그동안 '서구적 모더니
티'가 설파해온 진보에 대한 환상을 전면적으로 부정하고 있는 것이다.
그는 문명의 '악'이 탄생하고 증식되어가는 이 상황을 '원수성 세계'에서
'차수성 세계'로, 그리고 다시 '귀수성 세계'로 이어지는 순환적인 우주
역사의 필연적 과정으로 제시한다.

> 잔잔한 해변을 原數性世界라 부르자 하면, 파도가 일어 공중에 솟구치는
> 물방울의 세계는 次數性世界가 된다 하고, 다시 물결이 숨자 제자리로 쏟아져
> 돌아오는 물방울의 운명은 歸數性世界이고.
> 땅에 누워 있는 씨앗의 마음은 原數性 世界이다. 무성한 가지 끝마다 열린
> 잎의 세계는 次數性 世界이고 열매 여물어 땅에 쏟아져 돌아오는 씨앗의
> 마음은 歸數性 世界이다.
> 봄, 여름, 가을이 있고 유년 장년 노년이 있듯이 인종에게도 太虛 다음

---

1. 신동엽, 「시인정신론」, 『신동엽전집』, 창작과비평사, 1980, 360-361쪽.

봄의 세계가 있었을 것이고, 여름의 무성이 있었을 것이고 가을의 歸衣가 있을 것이다. (중략)

　우리 현대인의 교양으로 회고할 수 있는 한, 有史 이후의 문명역사 전체가 다름 아닌 인종계의 여름철 즉 次數性 世界 속의 연륜에 속한다고 나는 생각한다.[2]

　우리는 지금 역사의 원환 고리 가운데 '차수성 세계'에 놓여 있다. 따라서 병든 '현대'를 치유하려면 무엇보다 귀수성 세계로 나아가는 역사의 변혁이 필요하다. 신동엽은 '시인'이 바로 이러한 혁명의 주체가 되어야 한다고 주장했다. 그리고 인간이 타자, 자연, 우주와 평등하고 호혜적인 관계를 구축했던 태곳적 전통에서 그 변혁의 동력을 찾아내고 있다.

　그러나 신동엽 식 혁명은 지극히 위험하다. 병든 '현대'의 토대를 뿌리째 들어내라는 그의 주문은, 맹렬히 달리는 기차 위에서 목숨을 걸고 뛰어내리라는 것과 다름없다. 혁명의 로드맵은 다음과 같다. 가장 먼저 주체인 '나'가 전면적으로 재구성되어야 하고 이러한 주체들의 연합된 힘을 통해 삶의 방식을 결정짓는 사회 구조가 재편되어야 하며 종국적으로는 진화된 '나'와 진화된 구조의 상호과정을 통해 세계 전체가 진화해야 한다. 그동안 역사적으로 저지당해 온 인류의 진보는 이러한 총체적 변화에 도달했을 때 비로소 다시 앞을 향해 나아갈 수 있을 것이다. 시론을 통해 엿볼 수 있듯이, 신동엽은 혁명을 역사의 필연적 과정으로 보았고, 순환론적 역사관에 기초한 이러한 비전은 그의 시력(詩歷) 전체를 관통하며 일관되게 견지된다. 물론 그것은 결코 쉽게 도달할 수 있는 결승점이 아니다. 수많은 '피꽃'을 대가로 지불해야 하지만 그렇다고 성공을 보장받을 수도 없다. 그런 점에서 신동엽 시의

비전은 다분히 이상주의적이다. 그러나 바로 그 이상주의야말로 그의 시가
시대를 초월해 계속해서 읽히게 되는 원동력이리라. 여전히 파국을 향해
치닫는 '현대' 안에서 살아가는 우리에게 신동엽 시는 지금 이곳의 문제를
직시하고 해결책을 모색하는 데 유효한 사유를 제공해준다.

이에 본 글은 신동엽 시에 나타난 '혁명 서사'에 주안점을 두고 논의를
진행하고자 한다. 그의 시가 지향한 세계의 전모를 파악하고, 더 나아가
그의 문학이 우리 시대에 갖는 위상을 다시금 조명해 보기 위해서는 무엇보
다 그의 시가 강렬하게 구가한 '혁명 서사'와 그것의 의미를 추적해 보는
일이 필요하기 때문이다.

2. 자아 혁명 : 소원적 정신에서 대원적 정신으로

신동엽의 시론 「시인정신론」은 '현대' 진단으로 시작하여 '시인'의 역할
에 대한 논의로 이어진다. 그는 우선 당대 모더니즘 문학의 난해성을 지적하
며 많은 현대 시인들이 말단적 언어 실험에만 치중하는 "시업가(詩業家)"로
전락했다고 비판한다. 그는 시인정신과 시인혼만이 시의 핵심이 될 수 있다
고 믿었다. 또한 시인은 인류 정신사를 선도하는 철인(哲人)과 같은 존재여야
한다고 보았다.[3]

여기서 우리는 현대적 인식론 안에는 포섭되지 않는 독특한 정신사적
풍경을 보게 된다. 그는 '자아', '정신', 그리고 '시인'에 대한 개념을 현대적
사유체계를 벗어난 곳에서 재정의한 뒤 시인을 철인과 종교인, 예언가의
반열에 올려놓는다.[4] 시인에게 역사적 소명을 부여한 것이다. 이러한 개념에

* * *

3. 신동엽, 「시인정신론」, 위의 책, 368-371쪽.
4. 詩가 呪文 대신으로 씨족이나 部落共同體의 정신적 주인 역을 맡고 있던 시대도 있었다.
   그러한 사회에서의 詩는 정치·종교·과학의 종합적 顯現體로서 민중 앞에 빛났었을 것이다.

는 신동엽이 추구한 이상적 자아상이 투영되어 있다. '전경인(全耕人)'이 바로 그것이다. 그는 당대 시인들에게 전경인적(全耕人的)인 지성을 갖출 것을 주문했다.5

신동엽 시에서 전경인은 인류 역사가 만들어낸 개발과 침탈, 착취와 피착취, 지배와 피지배라는 폭력적 수직구조를 전복시킬 혁명적 주체로 그려진다. 대지에 맨발을 딛고 노동하며 자연과 전일적으로 교감하는 전경인은 황금시대적 표상에 가깝다. 물론 이러한 인간형은 문명시대 안에서 온전한 형태로 존재할 수 없다. 그러나 이 표상이 우리가 지향해야 할 이상적 인간상이 될 때, 그것은 현실의 모순을 해결하는 데 유효한 참조물이 될 수 있다. 민족 전체의 진정한 발전이 가능하려면 무엇보다 행위 주체인 '나'의 진화와 발전이 선행되어야 하기 때문이다.

신동엽은 이렇게 전통과 모더니티의 갈등·경쟁이 첨예화되었던 1960년대의 의미망 안에서 '자아'의 지형도를 새롭게 그려 보인다. 이를 구체화하기 위해 그는 '소원군(小圓群)'과 '대원군(大圓群)'이라는 용어를 도입한다.6

• • •

인류문화의 위대했던 黎明期에 우리는 이러한 詩人의 王國을 가졌었다. 聖書나 佛經, 水雲의 『東經大典』 또는 기타 여러 가지의 예언서 속의 언어들(나는 그것을 詩라고 믿고 있다)은 지금까지도 2천여 년 전의 그 향기 높은 예술적·학술적 영향력으로 東西의 많은 문명 민중에게 짙은 救援의 그림자를 던져주고 있다(신동엽, 「詩人·歌人·詩業家」, 『신동엽전집』, 창작과비평사, 1980, 391쪽).

5. 여름철의 장구한 세월을 살아온 우리 인류, 차수성 세계 문명수 가지나무 위에 피어난 난만한 백화를 충분히 거름으로 썩히울 수 있는 우리 가을철의 지성은 우리대로의 인생인식과 사회인식과 우주인식과 우리들의 정신과 우리들의 이야기를 우리스런 몸짓으로 창조해내야 할 것이다. 산간과 들녘과 도시와 중세와 고대와 문명과 연구실 속에 흩어져 저대로의 실험을 체득했던 뭇 기능, 정치, 과학, 철학, 예술, 전쟁 등, 이 인류의 손과 발들이었던 분과들을 우리들은 우리의 정신 속으로 불러들여 하나의 全耕人的인 歸數的인 知性으로서 합일시켜야 한다(신동엽, 「시인정신론」, 위의 책, 371쪽).

6. 이 용어들은 1920년대 『개벽』 지를 중심으로 제출된 바 있는 '소아(小我)', '대아(大我)' 개념과 크게 달라 보이지 않는다. 또한 신동엽 시에 자주 등장하는 '아사달-아사녀'의 인유와 동학농민운동의 전개를 그린 서사시 『금강』 역시 그가 『개벽』 파의 사상적 지류를 계승하고 있음을 보여준다.

두 치 앞의 모이만을 보고 일평생 쪼아 다니는 닭의 정신을 가리켜 小圓이라 한다. 눈과 모이와의 두 치 간격을 직경으로 하여 한 바퀴 돌려 그린 圓이 즉 그 닭의 정신의 크기이다.

문명의 관습되어 온 소위 현대식 지성인이라고 불리워지는 소시민들의 정신적 둥근 원은 고층건물과 고층건물 사이의 거리를, 숙소와 직장과 오락장과의 사이를 또는 書名과 人名과 개념과 개념과의 정신적 거리를 직경으로 하여 돌려 그린 원의 크기와 동등하다. (중략)

인류의 여름철 지구 이곳저곳에선 이들 코스모스꽃이 불완전하게나마 몇 송이 피어났다. 그들은 세상을 알았고 인생을 알았고 그렇기에 자기 위치에서 가을로 돌아갔다. (중략)

그들은 대지 위에서 자기대로의 목숨과 정신과 운명을 생활하다 돌아간 의젓한 全耕人的인 肉魂의 체득자, 詩의 · 哲의 <人>들이었다. 세계정신의 원초적이며 종말적인 인식 위에 개안했던 그들은 그 정신을 우주와 세계와 인생에게 발산하고 돌아간 위대한 대지의 철인이요, 시인들이었다. (중략)

오늘 우리 현대를 아무리 살펴보아도 대지에 뿌리박은 大圓的인 정신은 없다. 정치가가 있고 이발사가 있고 작자가 있어도 대지 위에 뿌리박은 全耕人的인 詩人과 哲人은 없다.[7]

문명주의의 한계를 간파하는 정신, 껍데기와 쇠붙이로 뒤덮인 인간 본연의 알몸과 생명의 본질이 무엇인지를 꿰뚫어보는 정신, 이것을 신동엽은 '시인혼'이라 일컬었다. 그리하여 대원군에 속하며 전경인적 정신을 보유하고 귀수성적 세계를 선도하는 시인은 인류의 근거지인 대지를 뒤덮은 문명

7. 신동엽, 「시인정신론」, 위의 책, 362-368쪽.

의 쇠붙이들을 거둬내고 우리다운 정신과 "향기로운 흙가슴"(「껍데기는
가라」)을 회복시킬 "선지자"이자 "우주지인"이며 "인류발언의 선창자"가
되어야 한다고 그는 보았다.[8] 신동엽에게서 부정한 '현대'를 극복할 우리
식 역사의식, 민족주의를 정립하는 작업은 이렇게 어떠한 '나'가 진정한
진보를 이루어낼 수 있는지를 탐색해보는 일에서 시작된다. 더 나아가 그는
'자아'의 가장 진화된 형태의 꼭짓점에 '시인'을 위치시켰다.

　서사시『금강』은 이러한 '대원적 정신', '시인혼', '전경인'적 '자아'가
지배자 중심의 역사를 찢고 발현되었던 순간들을 연속된 흐름으로 이어
붙인다. 그것은 곧 부정한 역사의 밑바닥에서 도도하게 흘러온 민중의 역사
이다.

　　　우리들은 하늘을 봤다.
　　　1960년 4월
　　　歷史를 짓눌던, 검은 구름장을 찢고
　　　永遠의 얼굴을 보았다.

　　　잠깐 빛났던,
　　　당신의 얼굴은
　　　우리들의 깊은
　　　가슴이었다.

　　　하늘 물 한아름 떠다,
　　　1919년 우리는

8. 신동엽, 「시인정신론」, 위의 책, 371쪽.

우리 얼굴 닦아놓았다.

1894년쯤엔,
돌에도 나무등걸에도
당신의 얼굴은 전체가 하늘이었다.

하늘,
잠깐 빛났던 당신은 금새 가리워졌지만
꽃들은 해마다
江山을 채웠다.

―『금강』 서화 2, 부분

이 시를 통해 우리는 신동엽 식 초혼을 목격하게 된다. 그는 동학농민운동이라는 하나의 역사적 사건을 중심으로 백제인들의 정신, 동학의 주역 최수운, 전봉준, 김개남, 최해월 등의 정신, 그리고 3·1운동과 4·19혁명을 통해 반짝 나타났다 사라진 민중들의 저항 정신을 호출한다. 역사에 등장했던 '전경인'들의 저항을 계보학적으로 추적함으로써 금강의 물줄기에 녹아 있는 민중들의 목소리를 주류 역사의 수면 위로 불러올리고 있는 것이다.

여기서 동학의 정신은 그 흐름을 주도한 이들의 죽음과 함께 소멸된 것이 아니라 보이지 않는 힘으로, 영적 에너지로 세계 속에 여전히 현존하는 것으로 표현된다. 『금강』의 주인공 신하늬가 혁명의 실패 후에도 죽음을 초연히 받아들이는 것은 바로 이러한 생사관 때문이다. "무지개" 돋는 얼굴로 표상되는 '신하늬'의 지고한 '정신'(『금강』, 제26장)은 그가 일제와 결탁한 조선 왕조의 형틀 아래 최후를 맞는 순간 거대한 역사의 흐름 속으로 합류한다. 이러한 서사 안에서 혁명은 깨어있는 정신의 흐름이 계속되는 한 언제든 재개될 수 있다. 지배자들의 극렬한 진압으로 스러져 간 혁명가들의 대원적 정신이 '금강'의 물줄기와 함께 흘러오며 후세대에게 나아갈 방향을 제시해주고 있기 때문이다.

서사시 『금강』이 중첩시키고 있는 문제적 개인들의 서사는 그동안 지배자 중심의 역사 속에 은폐되어 있던 다양한 적대의 지점들, 즉 지배와 저항의 적대적 실천을 통해 각 시대의 지배·피지배 관계가 형성되는 기원(起源)을 보여준다. 이로써 매끄럽고 견고해 보이던 역사가 사실은 무수한 균열로 뒤덮인 편집물이었음이 폭로된다. 역사가 완성태가 아닌 가능태로 경험되는 순간 그동안 절대적인 것으로 받아들여지던 사회체제가 실은 얼마든지 변화 가능한 구조였다는, 진실이 드러난다.

3. 구조 혁명 : 지배 중심 체제에서 공동 협력 체제로

신동엽 시가 문제 삼는 것은 특히 지배·피지배의 수직구조로 지탱되어 온 근거리 역사이다. 그는 지배와 피지배라는 폭력적 수직구조가 현대를 병들게 한 원흉이라고 보았다. 그런데 문제는 이러한 구조적 모순이 단순히 현대적 인식체계의 결과만은 아니라는 것이다. 폭력적 수직구조는 "黃河期를 벗어난 중세, 근대, 현대"[9]를 관통해 끊임없이 한반도의 민중을 괴롭혀왔다. 바로 이것이 신동엽 시가 현대의 모순을 타개할 방법을 찾기 위해 중세 이전으로, 신화와 역사의 경계가 모호해지는 태곳적 전통으로 거슬러 올라가는 이유이다. 그는 통일신라 이후 외래적 사상에 깊이 침윤되어온 한반도의 역사를 비판하며 백제 시대, 삼한 시대, 더 나아가서는 부족 중심의 고대 농경 사회로까지 거슬러 올라가 우리 민족의 혈통, 피의 역사를 재구성

• • •

9. 신동엽, 「시인정신론」, 위의 책, 361쪽.

한다. 현대를 치유할 대안적 원리를 찾기 위해 역사의 '시원(始原)'으로 거슬러 올라가는 모험을 감행했던 것이다.

물론 '시원'은 온전한 알몸으로 드러날 수 없다. 약탈과 폭력에 기초한 지배 중심의 사회체제가 지배담론을 이용해 꾸준히 이 역사의 '시원'을 축소하거나 왜곡해왔기 때문이다. 신동엽이 다음과 같이 선언하는 것은 우연이 아니다.

　　누가 하늘을 보았다 하는가
　　누가 구름 한 송이 없이 맑은
　　하늘을 보았다 하는가.

　　네가 본 건, 먹구름
　　그걸 하늘로 알고
　　一生을 살아갔다.

　　네가 본 건, 지붕 덮은
　　쇠 항아리,
　　그걸 하늘로 알고
　　일생을 살아갔다.

—「누가 하늘을 보았다 하는가」, 부분

어느 시대나 그렇듯 공식적 역사는 지배자들의 발명품이다. 각 시대의 통치 집단이 지배와 약탈을 정당화하기 위해 역사 진행의 필연성을 강조하는 일에 얼마나 골몰해왔는지 새삼 지적할 필요는 없을 것이다. 중요한 것은 지배 이데올로기라는 "쇠 항아리"가 인간과 "하늘"을 단절시키고 이

둘이 충일하게 결합했던 '시원'을 은폐한다는 점이다. 아이러니한 것은 지배 체제의 공격이 맹렬할수록 '시원'의 부재 상황이 더 선명하게 부각되고 그것을 회복하고자 하는 인간의 욕구 역시 훨씬 간절해진다는 것이다.

그리하여 '시원'은 부재의 형식으로 자신의 존재를 증명한다. 신동엽 시에서 이는 취기어린 꿈의 장면을 통해(「술을 많이 마시고 잔 어제밤은」), "보이지 않는 영화로운 / 未來로의 소리로" 불리어지는 '너'의 노래를 통해 (「노래하고 있었다」), 시적 서사에 침범하는 '대지-여성-아사녀'의 목소리를 통해(「이야기하는 쟁기꾼의 大地」, 「아사녀의 울리는 祝鼓」, 「阿斯女」, 「丹楓아 山川」), "새봄 오면 江山마다 피어날" '전경인-남성-아사달'의 "싱싱한 눈瞳子"("……싱싱한 눈瞳子를 爲하여……」, 「빛나는 눈동자」, 「山死」), "영원으로 가는 修道者의 눈빛"(「새해 새 아침을」), 그리고 순교자의 영혼(「山에 언덕에」) 등을 통해 그 존재를 언뜻언뜻 드러낸다.

'시원'의 보다 구체적인 모습은 시 「香아」를 통해 확인된다. 시인의 초기 작에 속하는 이 시는 원초적 생활공간에 대한 향수를 강하게 표출하고 있다.

香아 너의 고운 얼굴 조석으로 우물가에 비최이던 오래지 않은 옛날로 가자

수수럭거리는 수수밭 사이 걸찍스런 웃음들 들려 나오며 호미와 바구니를 든 환한 얼굴 그림처럼 나타나던 夕陽……

구슬처럼 흘러가는 냇ㅅ물가 맨발을 담그고 늘어앉아 빨래들을 두드리던 傳說같은 풍속으로 돌아가자

눈동자를 보아라 좁아 회올리는 무지개빛 허울의 눈부심에 넋 빼앗기지 말고

철따라 푸짐히 두레를 먹던 정자나무 마을로 돌아가자 미끄덩한 기생충의 생리와 허식에 인이 배기기 전으로 눈빛 아침처럼 빛나던 우리들의 故鄕 병들지 않은 젊음으로 찾아가자꾸나

좁아 허물어질가 두렵노라 얼굴 생김새 맞지 않는 발돋움의 흉낼랑 그만 내자

들菊花처럼 소박한 목숨을 가꾸기 위하여 맨발을 벗고 콩바심하던 차라리 그 未開地에로 가자 달이 뜨는 명절밤 비단치마를 나부끼며 떼지어 춤추던 전설같은 풍속으로 돌아가자 냇물 구비치는 싱싱한 마음밭으로 돌아가자.

─「좁아」, 전문

"무지개빛 허울", "기생충의 생리와 허식", "얼굴 생김새 맞지 않는 발돋움의 흉내" 등은 인간 본연의 "싱싱한 마음밭"을 뒤덮어버린 인위적 껍데기들이다. 현대문명국의 주민들은 이러한 "무지개빛 허울"에 현혹되어 자신들의 본성과 자연의 순리를 망각한 채 살아가고 있다. 그러나 어떠한 허울과 허식도 존재하지 않았던 "오래지 않은 옛날" "미개지"에서는 투명한 정신과 건강한 육체를 가진 전경인들이 "철따라 푸짐히 두레를 먹"으며 조화로운 삶을 영위해갔다. 시인은 '돌아가자'는 촉구의 반복을 통해 구성원 전체가 평등하게 노동하고 그 결실을 평화롭게 나누던 이 원초적 생활공간의 "전설 같은 풍속"이야말로 우리가 회복해야 할 시원의 모습임을 강조한다. 문명사회의 거짓된 껍데기를 벗겨내고 인간이 다시 대지로 돌아간다면 병든 현대인도 황금시대의 백성처럼 환한 맨살을 드러낼 수 있다는 시적 메시지를 향수 짙은 어조 속에 담아 놓고 있는 것이다.

여기서 신동엽이 그려내는 황금시대적 이미지는 현실적 고통을 잊기 위해 소환되는 단순한 목가적 이상과 명백히 구별된다. 그것은 부정한 현실을 극복하고 다시금 회복해야 할 우리 민족의 원형질에 해당하는 것이다.[10] 특히 구성원 간의 유대 관계와 호혜의 룰이 우세한 옛 마을공동체가 황금시대의 원형으로 설정된 점에 주목할 필요가 있다. 이는 신동엽이 원시 농경민 사회의 공동 협력 체제에서 새로운 삶의 원리를 찾고 있음을 시사한다.[11]

* * *

10. 이러한 우리 식 유토피아의 중심에는 '신시(神市)' 개념이 자리하고 있다. '신시'는 날것 그대로의 자연 공간도, 단순한 에덴동산도 아니다. '신시'는 이미 자연의 황금율에 의한 도시적 설계가 마련된 곳으로, 인간이 자연의 창조력을 최적의 상태로 작동시키게 되는 장소이기 때문이다. 이 고대적 관념은 불교와 유교의 유입을 거치며 역사의 기저에 잠복해오다 근대 초 신채호를 중심으로 전개된 역사 회복 운동과 1920년대 『개벽』 운동이 전개되는 시점에서 '남조선(南朝鮮) 사상'으로 변형되어 표출되기도 했다. (신범순, 『노래의 상상계』, 서울대학교출판문화원, 2011, 253-268 참조) 시 「좋아」에서 그리고 있는 "철따라 푸짐히 두레를 먹던 정나자무 마을"은 이러한 '신시'의 속성을 잘 보여준다.

11. 신동엽 시가 재현하는 이상적 마을공동체의 모습은 리안 아이슬러가 설명하는 "신석기 시대 유럽의 여신 숭배적 문명"과 상당 부분 닮아 있다(리안 아이슬러, 김경식 역, 『성배와 칼』, 비채, 2006). 리안 아이슬러는 고고학적 증거, 문화인류학의 최근 연구, 지금까지 전승되는 세계 각국의 신화를 근거로 "문명의 기초가 된 모든 기술 문명"이 이미 신석기시대의 모계중심 사회에서 형성되었다고 주장한다. 그녀에 따르면 이 사회는 "매우 평등한 구조"를 갖추고 있었고, "계보가 여성을 따라 이어지고 여 사제나 씨족의 여성 우두머리가 사회적으로 중심 역할을 수행"하면서도 남성과 여성이 "동등한 동반자 관계에서 공동선을 위해 함께 일했던 사회를 지향하고 있"었다. 구체적으로는, 지배를 위한 위계질서보다는 구성원들 간의 유대적 관계를 중시했고, 권력이 지배가 아니라 책임이라는 현대적 개념에 기반한 공동 협력의 사회체제를 취하고 있었으며, "삶에 대한 사랑과 더불어 성에 개방된 문화"가 깊숙이 스며있었던 사회였다. 그러나 이 사회는, 기원전 5000년경에 약탈경제에 기초한 유목민 집단에 의해 서서히 파괴되기 시작했다고 한다. 그녀는 이러한 변화를 문명의 대변혁이라 칭하며, 이러한 과정을 거치면서 신석기 고대 문명을 추동해낸 공동 협력의 사회체제가 전쟁과 약탈, 지배와 폭력을 토대로 하는 지배 중심의 사회체제로 대체되었다고 설명한다. 이로써 먼 과거에 존재했던 총체적이고 완전했던 이상세계와 '성배'로 상징되는 여성 신화는 역사의 진행 과정에서 처참하게 파괴되거나 축소되는 과정을 겪게 되었고, 그 빈자리를 '칼'로 상징되는 가부장적 남성 신화가 대신 차지하게 되었다는 것이다. 아이슬러가 조명한 이 초기 문명사회의 모습을 참조한다면, 신동엽 시의 황금시대적 표상들을 단순한 허구적 구성물이 아니라 실제 존재했던 고대 문명을 우회적으로 표현한 것으로, 그리하여 우리에게 실현 가능한 역사적 비전을 제시하는 것으로 파악해볼 수 있을 것이다.

역사의 시원에 존재했던 축제적 나눔의 무대는 그의 시 전반에 걸쳐 부정한 역사에 대한 준엄한 비판과 짝을 이루며 반복적으로 호출된다. 바로 이 반복적 호출을 통해, 황금시대적 과거는 구조 혁명의 참조물로 기능하며 미래의 전망을 담지하게 된다.

그러나 새로운 구조에 대한 비전만으로는 아직 부족하다. 파행적 '현대'를 극복하고 진정한 진보를 가능케 하려면, 한 단계를 더 거쳐야 한다. 그것은 바로 병든 세계를 치유하고 소진된 생명력을 다시 복원하는 일이다.

4. 세계 혁명 : '대지-쟁기꾼'의 사랑쌍과 생명 회복의 드라마

1959년 〈조선일보〉 신춘문예에 장시 「이야기하는 쟁기꾼의 대지」가 입선하며 문단 활동을 시작한 신동엽은 1969년 작고할 때까지 인간 삶을 불모적으로 만들어온 문명의 역사를 비판하는 데 집중했다. 그가 주력했던 한반도의 역사적 상황들, 즉 분단, 독재, 파행적 근대화에 대한 비판 역시 반생명적 현실에 대한 근본적 문제의식 안에서 제기된 것들이라고 할 수 있다. 시 「阿斯女」, 「阿斯女의 울리는 祝鼓」, 「아니오」, 「眞伊의 體溫」, 「祖國」, 「서울」, 「권투선수」 등에서 형상화되는 분단된 조국, 맹목기능자들과 창백한 얼굴의 도시 여자들로 가득한 서울은 모두 비본질적인 껍데기로 뒤덮인 황무지적 현실의 표상들이다. 대지를 뒤덮은 도시의 빌딩숲은 원시적 생명력이 꿈틀대는 대지의 심연과 인간을 단절시켜 왔다. 기계, 빌딩, 무기, 쇠붙이 등으로 상징되는 문명세계의 차가운 금속성은 사람들의 온기를 빼앗고 그 생명력을 소진시킨다. 견고한 도시 문명의 이미지는 시 「새로 열리는 땅」, 「香아」, 「緩衝地帶」, 「보리밭」 등에 형상화된 대지의 부드러운 촉감, 따뜻한 온기, 붉은 알몸의 이미지와 선명하게 대비된다. 여기서 '대지'는 생산과 풍요의 원형상징으로 강렬한 성적 에너지를 발산하며 불모적 세계에 형태와 생명을 부여하는 역할을 수행한다. 또한 생명을 잉태하는 자궁인 동시에 모든 생명체에게 자신의 몸을 양분으로 제공하는 희생적 모성의 원형으로 형상화되고 있기도 하다.

장시 「이야기하는 쟁기꾼의 대지」는 이러한 '대지'의 성격을 전형적으로 보여준다. 여기서 '쟁기꾼'(남성)은 여성으로 인물화된 '대지'와의 결합을 통해 농경민과 땅의 충일한 결합상을 형상화한다.

> 당신의 입술에선 쓰디쓴 풀 맛 샘 솟더군요. 잊지 못하겠어요.
> 몸냥은 단 먹뱀처럼 애절하구, 참 즐거웠어요. 여름날이었죠.
> 꽃이 핀 高原을 난 지나고 있었어요. 무성한 풀섶에서 소와 노닐다가, 당신은
> 가슴으로 날 불렀죠.
> (중략)
>
> 자, 손을 주세요. 밤이 깊었어요.
> 먼저 쉬이세요. 못 잊으려나 봐요. 우리가 抱擁턴
> 하늘에 솟은 바위, 그 밑에 깔린 구름,
> 불 달은 바위 위에서 웃으며 잠들던 아무것도 걸치지 않았던 당신의 붉은
> 몸.
>
> 언제여든 필요되거든 조용히 시작되는 그 序舞曲으로 白鶴의 大圓 휘파람
> 하세요. 돌아가 묻히겠어요, 陽달진 당신의 꽃 가슴으로. 아마 운명인가봐요.
> ─「이야기하는 쟁기꾼의 大地」 序話, 부분

신동엽이 그리는 대지와 쟁기꾼의 만남은 원초적이고 에로틱하다. 먼 옛날, 자연 만물이 생기로 가득 찬 어느 "여름날" 둘은 순수한 알몸으로

온전히 결합했었다. 그런데 이제 대지와 쟁기꾼은 서로 단절되어 버렸다. "이미 먼저 나온 사람들이" 지구를 "한 몫씩 논하 갖고 말아 버렸"기 때문이다.(「이야기하는 쟁기꾼의 대지」 제1화) 역사의 진행 속에서 땅을 가진 자와 못 가진 자, 지주와 소작인, 지배자와 피지배자의 구분이 생겨난 이후로, 대지를 소유하지 못한 쟁기꾼은 땀 흘리며 노동할 권리마저 박탈당해 왔다. 이는 호혜적 나눔과 협력이 중심이 되던 사회체제가 약탈과 폭력에 기초한 지배 중심의 사회체제로 전도된 상황의 알레고리라고 할 수 있다.

그리하여 '대지'는 땅에서 멀어져 버린 문명국의 구성원들("눈먼 技能者들", "技術者")을 단호히 거부하며 자신과 알몸으로 만날 건강한 쟁기꾼, "荒原 말 발굽 달리던 黃河期 사내"가 다시 역사 속에 등장하기를 희구한다. (「이야기하는 쟁기꾼의 대지」, 제6화)[12] 그러나 아무리 기다리고 불러 봐도 더 이상 황하기 사내와 같은 남성은 찾아볼 수가 없다.

저건 꼭두각시구, 저건 주먹이구, 저건 머리구.

별 수 없어요, 어머니, 저 눈먼 技能者들을

한 십만개 긁어 모아 여물솥에 쓸어 옇구

푹신 쪼려 봐 주세요. 혹 하나쯤 온전한

• • •

12. 대지와 단절된 문명인들을 비판하는 '대지-여성' 이미지는 장시 「여자의 삶」에서도 그대로 반복되고 있다.

　　"나는 밭 / 누워서 기다리고 있어요 / 씨가 뿌려질 때를. // 하늘 나르는 구름이든 / 여행하는 씀바귀꽃이든 / 나려와 쉬이세요 / 씨를 뿌려보세요 // 선택하는 자유는 저한테 있습니다. / 좋은 씨 받아서 / 좋은 神性 가꿔보고 싶으니까. // 좀더 가까이, 이리 좀 와 보세요 / 안 되겠어요, 당신 눈은 살기. // 저 사람 와 보세요 / 당신 눈은 우둔, 당신 입은 모략, / 오랜 代를 뿌리박고 있군요 // 또 와 보세요 / 당신은 전쟁을 좋아하는 종자, / 또 당신은, / 피가 화폐냄새로 가득 차 있군요 // 안 되겠어요 / 내가 기다리는 / 받고 싶은 씨는……"(「여자의 삶」, 부분)

사내 우러날지도 모르니까

해두 안되거든 어머니, 생각이 있어요.

힘은 좀 들겠지만 地上에 있는 모든 숫들의 씨

죄다 섞어 받아 보겠어요. 그 반편들 걸.

욕하지 마세요. 받아 넣고 정성껏 조리해 보겠어요.

문제 없어요, 튼튼하니까!

—「이야기하는 쟁기꾼의 大地」第6話, 부분

　결국 대지는 "눈먼 기능자들"의 "씨"를 죄다 섞어 받아 넣고 "정성껏 조리"하기에 이른다. 황하기적 사내를 수동적으로 기다리기만 하는 것이 아니라 "눈먼 기능자"들의 부정적 속성을 스스로 제거함으로써 그들을 자신에게 걸맞은 존재로 변화시키고자 하는 것이다.[13]

　신동엽 시에서 반복적으로 등장하는 '대지 > 땅 > 밭'의 계열체와 '쟁기꾼'의 기호쌍은 이렇듯 남녀의 육체적 만남을 상징적으로 구현한다. 더 나아가 이 둘은 신화에서 '초목령-대지적 여신'이 사랑의 쌍을 이룰 때와 같은 의미맥락을 생성해내기도 한다. 쟁기꾼과 대지의 만남이 남녀 간의 사랑 문제와 연결되면서 토양에 생식능력을 보강하는 일과 관련되고 있는 것이다. 신화적 상상력 안에서 쟁기꾼의 노동은 곧 생명 원리를 구현하는

* * *

13. 이러한 '대지'가 다음 시에서는 세계의 대립과 갈등을 온몸으로 빨아들이고 분해해 우주만물을 먹여 살릴 양분으로 전환시키는 '생명의 나무'로 변주되고 있다.

　"뿌리 늘인 / 나는 둥구나무. // 南쪽 山 北쪽 고을 / 빨아들여서 / 좌정한 / 힘겨운 나는 둥구나무 / 다리뻗은 밑으로 / 흰 길이 나고 / 東쪽 마을 西쪽 都市 / 둥 갈린 戰地 // 바위고 무쇠고 / 투구고 憎惡고 / 빨아들여 한 솥밥 / 樹液만드는 / 나는 둥구나무"(「둥구나무」, 전문)

제의적 행위로 읽히게 된다. 쟁기꾼은 자신의 노동을 통해 언제든 세계를 풍요롭게 발전시키는 신성한 과정에 참여할 수 있다. 풀 한 포기 없는 황폐한 땅이라 해도 씨앗이 뿌려지는 순간 기름진 경작지로 탈바꿈될 수 있기 때문이다.

한편, 남녀의 사랑이 '대지 > 땅 > 밭'의 계열체와 연관되지 않고 곧바로 풍요제적 의미를 갖는 경우도 있다. 신동엽이 자주 사용하는 '아사달-아사녀'의 인유가 바로 그것이다. 시 「껍데기는 가라」, 「주린 땅의 지도원리」, 「아사녀」, 「아사녀의 울리는 축고」 등에서 등장하는 '아사달-아사녀'의 기호쌍은 특히 상고시대의 신성한 역사를 환기시키고 있어 주목을 요한다. 여성적인 호혜의 룰에 의해 지배되던 고대 사회는 남녀의 축제적 나눔과 사랑의 활기로 가득 차 있었다. 신동엽은 국토 분단을 상징하는 데 이 기호쌍을 사용한다. 아사달과 아사녀의 단절 상황을 통해 불모적 현실을 형상화하고 있는 것이다. 따라서 두 남녀의 만남은 정치적 분단이 극복되는 것을 의미하는 동시에 황무지처럼 변해 버린 한반도에 다시금 생명력을 불어넣어주는 일이 된다. 그것은 물리적 해결인 동시에 정신적 치유이다.

바로 이 지점에서, 시 「껍데기는 가라」의 "中立의 초례청"이 지시하는 바는 일차원적인 사회경제학적 함의를 넘어서게 된다. 그것은 오히려 대지에 다시금 생명의 불길을 휘돌게해야 한다는, 인류의 모든 문화유산을 통틀어 가장 단순하지만 끈질기게 이어져온 로망스와 관련된다. 이는 분명, 당위론적 통일주의와는 다른 해결 방식을 보여준다. 사랑과 제의의 드라마를 통해 황무지를 생명력 넘치는 대지로 바꾸고 죽음을 삶으로 바꾸는 마술적 전환, 그것은 세계의 총체적 치유라고 불러야 마땅할 것이다.

5. 진보할 것인가 퇴보할 것인가

신동엽 시는 건강한 농경민들이 평화롭고 평등한 삶을 영위하던 두레공동체를 이상향으로 설정하고, 그러한 사회 건설을 위해 '깨어 있는 정신'으로 끊임없이 투쟁할 것을 주장한다. 그러나 민중적 혁명을 지향한다고 해서 그의 시가 곧바로 사회주의적 인민주의로 귀착되는 것은 아니다. 오히려 그의 시는 보다 근본적인 지점을 건드린다. 신동엽 시의 기저에 깔린 유기체적 세계관, 태곳적 역사에서 끌어온 축제적 주고받기의 전통, 황무지적 현실에 생명력을 부여하는 사랑의 문제는 모두 인류 역사의 태반에서 배태되어 나온 것들이다. 이 점을 감안해 볼 때, 그의 시에서 중요한 비중을 차지하는 통일, 평등, 자유와 같은 현실적 주제들은 오히려 '생명력' 회복이라는 로망스에 기반한 시인정신의 뿌리에서 발현된 개별적 현상들임을 간파해야 한다. 원초적 생명력의 복원이야말로 우리의 근현대사를 질곡 속으로 몰아넣은 폭력적인 서구 모더니티를 초극하고 우리 식 모더니티를 확립해가기 위한 첫걸음이 된다는 전언을 신동엽은 강렬한 현실 비판 속에 담아 놓은 것이다.

그렇다면 파행적 현대를 넘어서기 위해서는 무엇이 달라져야하고, 무엇이 가능한가? 과연 전쟁과 지배, 불평등, 자연 파괴를 야기하는 지배 중심의 사회체제를 평화, 정의, 자연과의 공존을 추구하는 공동 협력의 사회체제로 대체하는 것이 가능한가? 신동엽 시는 인류가 진정한 진보로 나아가기 위해서는 정신계와 물질계, 그리고 그 둘의 총합인 세계의 혁명적 전환이 필요함을 역설했다. 특히 과거에 실제 일어났고, 역사를 통해 끊임없이 되풀이되어 온 혁명의 이야기, 즉 지배자 중심의 역사 이면에서 면면히 흘러온 민중들의 저항사를 반복적으로 재현함으로써, 그의 황금시대적 비전을 실현 가능한 비전으로 전환시키고자 했다. 그리고 이러한 '혁명 서사'

는 사랑과 제의를 통한 생명 회복의 드라마로 귀착됨을 볼 수 있었다. 요컨대 우리가 전경인의 대원적 정신을 회복함으로써 세계를 죽음에 이르게 하는 폭력적인 사회구조를 세계에 다시 생명을 주입하는 부드럽고 평화로운 사회구조로 전환시켜야 한다는 것, 그리고 이러한 총체적 실천을 통해 최종적으로는 황무지적 세계에 다시 생명력이 휘돌게해야 한다는 메시지를 전하는, 치유의 드라마로 말이다.

따라서 '귀수성 세계'를 구가하는 신동엽의 시적 상상력은 결코 단순한 회고 취향으로 재단될 수 없다. 현대의 모든 쇠붙이를 녹여 호미와 쟁기로 만들어야 한다는 발언 역시 지금까지 인류가 이룩해온 기술적, 사회적 기반을 전면 포기하고 원시 상태로 되돌아가자는 식의 순진한 반(反)과학주의로 매도될 수 없다. 신동엽 시가 문제 삼는 것은 기술 자체가 아니라 기술을 사용하는 방식이기 때문이다. 결국 뿌리까지 온전히 제거해야 할 '껍데기'란 인간과 사회, 인간과 자연의 관계를 파행으로 치닫게 한 지배 중심의 사회체제를 의미한다고 보아야 하리라.

미래학자들은 현시대를 근대의 황혼기라고 지적한다. 이분법, 차별, 지배, 폭력을 양산하는 '현대' 정신이 결국에는 인류의 생활 세계를 총체적으로 파괴해 버릴 것이라는 암울한 진단도 속속 제출되고 있다. 이는 지금 우리가 중대한 선택의 기로에 서 있다는 것을 의미한다. 진보하고 치유할 것인가, 퇴보하고 파국으로 치달을 것인가. 신동엽 시는 선택의 기로에 선 우리에게 불가능한 듯 보이지만 — 시스템에 의해 그러한 방식으로 주입받아 왔지만 — 실은 가능한 길을 보여준다. 그러므로 그의 시는 21세기에도 여전히 유효하다. 그의 시적 '알맹이', '전경인'의 현재성은 바로 여기서 찾아야할 것이다.

신동엽을 다시 읽는 세 가지 키워드:
'세계', '예시적 정치', '놀이'

오영진

01 | '참여'에서 '세계'로

오늘날 '정치적 낭만성'이란 가장 경멸적인 수사 중 하나가 되었다. 공상과 몽상의 경계에서 혁명이 꿈꾸는 유토피아는 애당초 도달할 수 없는 기획으로 보인다. 더욱 모욕적인 것은 그것이 도달할 수 없는 것인 줄 알면서도 거짓으로 믿어 왔다는 평가일 것이다. 때문에 정치적 낭만성이란 기만의 수사학 나아가 냉소의 수사학이 되어가고 있다.

신동엽을 비판하는 관점이 그러하다. "동학란과 3·1운동 및 4·19를 무책임하게 연결시켜 민중의 의식적 생명력을 찬양한 것이면서 바로 그 민중의 의미에 대한 성찰의 결여 때문에 안일한 민중의 승리로 끝나버리고 말았다"[1]며 '정치적 낭만성'의 안일함을 비판하거나 "되돌아보는 예언자로 임했지만 많은 동시대인들과 같이 역사의 행방을 전혀 알아차리지 못했다"[2]

•••

1. 김현, 「산문시 소고」, 『상상력과 인간』, 일지사, 1973, p. 101.
2. 유종호, 「뒤돌아 보는 예언자」, 『신동엽 문학 심포지엄』, 대산문화재단·민족문화작가회의 공동주최 자료집, 1993. 03. 06.; 김응교, 「새롭게 확장되는 신동엽」, 『전경인 어문연구』,

며 무지가 낳을 수 있는 비극을 경계해야 한다는 논리이다. 여기서 필자는 의문이 든다. '정치적 낭만성'이라는 프레임 안에 신동엽 문학을 옴싹달싹 못하게 구겨넣고 있는 이러한 평가는 옳은 것인가? 나아가 바로 그 '정치적 낭만성'의 프레임에 대한 우리의 부정적 가치평가는 과연 온당한가?

우선 위와 같은 비판은 우선 신동엽 문학을 둘러싼 비평의 지형도에서 기인한 것임을 알 필요가 있다. 그들은 신동엽 문학이 보여준 민족의 시원에 대한 관심과 역사에 대한 전망이 과도하게 평가되는 것에 대해 반발하고 있는 것이다. 그 과도함에 대한 공격을 계속하는 한 '정치적 낭만성'은 안일함과 무지라는 유죄 선고를 피할 수 없다. 그리고 이런 관점에서 본다면 신동엽 문학의 "낭만적인 특성이 정치성을 담보하는 것임을 논증"[3]해 봐야 소용이 없을 것이다. 낭만의 정치성과 정치적 낭만성은 다른 개념이 아니며, 역시 안일함과 무지의 죄를 안고 있기 때문이다.

또, 문학평론가 신승엽[4]은 "신동엽의 시가 정신주의와 복고주의로부터 현실주의와 역사주의로 전화해가는 분기점"이 되는 것이 4·19라고 평가하면서도 "60년대적인 한계를 벗어날 만큼 더 높은 현실주의로 나아가지 못하였다"는 논리로 신동엽을 비판한다. 그 이유로 "민중에 대한 연대감이 그야말로 <연대>의 수준을 크게 넘어서지 못"했다는 점, "조국의 현실에 대한 비판이 새로운 사회에 대한 과학적인 미래 전망으로 이어지지 못한" 점을 들고 있다. 그의 논의는 신동엽이 정신주의와 복고주의로 대변되는 낭만성을 씻어내지 못했고, 이것이 4·19 이후 정치적으로 변환되었다 하더라도 그 밀도가 약할 수밖에 없다는 것이다.

하지만 신동엽의 시가 4·19를 기점으로 현실주의로 전향했으나 진정한

• • •
　　1호, 2010. 11. p. 111에서 재인용.
3. 전병준, 「신동엽 시의 낭만성 연구」, 『비평문학』, 한국비평문학회, 2012
4. 신승엽, 「<정신주의>로부터 현실주의로」, 『신동엽 시선·껍데기는 가라』, 1991.

현실주의를 구현하지 못했다는 논리는 다소 모순적이라는 느낌을 지울수 없다. 현실주의지만 진정한 현실주의는 아니라는 이러한 비판이 시와정치의 관계에 있어 과연 어떤 방식의 현실주의를 구현해야 하는지 그규준을 제시하지 않기 때문이다. 그렇다고 박태순 류의 르포문학으로 나아갔어야 한다는 직설적인 주장도 아니다. 신동엽 비판에 있어 이런 모호한기준이 우리로 하여금 시와 정치의 관계에 대해 고민하도록 만든다.

여기서 신동엽의 시가 "참여시에 있어 바라는 것을 모두 갖고 있다"[5]고평가한 김수영의 말을 빌려보자. 그는 참여시의 충분조건으로서 "강인한참여의식", "시적 경제의 기술", "세계적인 발언", "죽음의 음악" 등의 요소를 들고 있다. 하지만 같은 글에서 김수영이 소위 '참여의식'이라고 불리는것에 도리어 경계를 두었다는 것을 눈여겨보아야 한다. 그는 박인환이 쓴「자본가에게」라는 시를 언급하며, 이 시에서 언급된 '자본가'는 선동적인어휘에 불과하고 전체적으로 "골자도 없는 시를 저항시 비슷하게" 만들었다고 평가한다. 또 청마의 「칼을 갈라」 같은 시에 드러난 "<환도>와 <비수>와<식칼>로는 이승만은 처리될 수 없었다"고 평가한다. 그는 "진정한 참여시에 있어서는 초현실주의 시에서 의식이 무의식의 증인이 될 수 없듯이,참여의식이 정치 이념의 증인이 될 수 없는 것이 원칙"[6]이라고 말한다.즉 진정한 '참여의식'이 드러나기 위해서는 의식적 차원에서의 '참여의식'이 아니라 무의식적 차원의 '참여의식' 즉 '세계'를 향한 발언이 가능해져야한다는 것이다. 그러니 글의 전체적인 문맥으로 볼 때 강조하는 것은 '참여의식'이 아니라 의외로 '세계적인 발언'일 것이다. 김수영은 같은 글에서다음과 같이 말하고 있다.

. . .

5. 김수영, 「참여시의 정리」, 『김수영 전집 2』, 민음사, 2006. p. 394.
6. 위의 책, p. 388.

우리에게 필요한 것은 불평이 아니라 시다. 될 수 있으면 세계적인 발언을
할 수 있는 시다.[7]

그렇다면 김수영이 말하는 '세계적인 발언'은 무엇일까? 여기서 세계는
단순히 국제적인 시사 감각을 의미하는 것이 아니다. 이는 '여기'와 '지금'을
넘어서는, 공간적 의미이면서 동시에 시간적 의미를 포함하는 것일 터이다.
예를 들어 신동엽의 다음과 같은 시에서 '세계'를 엿볼 수 있다.

히말라야 산록
토막 가 서성거리는 초병은
흙묻은 생고구말 벗겨 넘기면서
하루삔 땅 두고 온 눈동자를
회상코 있을 것이다.

순이가 빨아준 와이샤스를 입고
어제 의정부 떠난 백인 병사는
오늘밤, *死海* 가의
이스라엘 선술집서,
주인집 가난한 처녀에게
팁을 주고,[8]

7. 위의 책, p. 394.
8. 신동엽, 「풍경」, 『신동엽전집』, 창작과비평사, 1991. pp. 40-41. 이하 『신동엽전집』으로
   표기함.

시 「風景」의 특징은 이렇게 '~할 것이다'로 짐작되는 풍경들이 '여기'를 벗어나 펼쳐진다는 것이다. 그것은 도오꾜로부터 시작해 히말라야에서 하루삔으로 한국에서 이스라엘로, 동방 대륙에서 서방 대륙으로 다시금 지리산, 고비사막으로 이어지는 감각이다. 이 시의 중심 제재는 풍경들이 만들어 낸 파노라마가 아니라 파노라마의 움직임-방향일 것이다. 독자는 '세계'를 보는 것이 아니라 감지하게 된다. 이를 통해 마침내 '세계 내 존재'임을 인식하게 되는 것이다. 그러나 마치 지구본을 돌리듯 '세계'라는 공간 '속'에서 '존재'를 확인하는 것이 아니다. 하이데거는 이 개념을 '세계'와 '함께' 하는 '존재'로 읽도록 지도하고 있다. 이 '함께'의 개념이 「風景」에서 여기에서 저기로, 저기에서 거기로 연결되는, 풍경의 끝없는 이어짐으로 나타나고 있는 것이다. 그리고 '여기'를 벗어나는 일은 '지금'을 벗어나는 일이기도 하다. 그래서 시는 "예나 이제나 / 가난한 촌 아가씨들이 / 빨래하며, / 아심아심 살고 / 있을 것이다."라는 진술로 마무리 될 수 있는 것이다. 여기서 "예나 이제나"는 옛날이나 지금이나 똑같다는 의미가 아니라 "이제"에 머물던 시간이 "예"로 이어지는 경이로움을 보여주기 위해 진술된 것이다. 김수영은 신동엽의 「껍데기는 가라」에 대한 논평을 통해 이러한 특징을 지적하고 있다.

제2연에 가서는 <4월>대신에 <동학 곰나루>가 들어앉는다. 이런 연결은 그의 특기이다. <동학>, <후고구려>, <삼한(三韓)> 같은 그의 고대에의 귀의는 예이츠의 <비잔티움>을 연상시키는 어떤 민족의 정신적 박명(薄明)같은 것임을 암시한다. 그러면서도 서정주(敍廷柱)의 <신라>에의 도피와는 전혀 다른 미래에의 비전과의 연관성을 제시해 주는 것이다.[9]

<hr>

9 김수영, 앞의 책, pp. 398-396

4·19와 동학운동, 후고구려, 삼한 등으로 이어지는 시간적 배열이 오히려 과거가 아니라 미래를 향한다는 김수영의 논평은 흥미롭다. 이는 신동엽이 각각의 사건들을 시간적 인과 속에 넣고 무리하게 거슬러 올라가는 것이 아니라 시간적 이어짐 속에 넣고 흘러가도록 놔두고 있기 때문이다. 이는 강물의 이미지이다. 내가 '지금' 강물에 담은 발에는 산 정상으로부터 내려온 '과거'가 스쳐지나갈 예정이며, 동시에 지금도 스쳐 지나간다. 그 물은 언제나 같은 물이 아니라 흐름 속에서 매 순간 다른 물이 될 것이다. 그리고 '지금'을 인식한다는 것은 매 순간 다른 물을 인식하는 방식이 아니라 이 흐름이 낳는 총체성을 인식하는 일이다. 그리하여 서사시『금강』의 後話 <2>에서는 다음과 같은 배치가 가능해지는 것이다.

1894년 3월
우리는
우리의, 가슴 처음
만져보고, 그 힘에
놀라,
몸뚱이, 알맹이채 발라,
내던졌느니라.
많은 피 흘렸느니라.

1919년 3월
우리는
우리 가슴 성장하고 있음 증명하기 위하여
팔을 걷고, 얼굴

닦아보았느니라.

덜 많은 피 흘렸느니라.

1960년 4월

우리는

우리 넘치는 가슴덩이 흔들어

우리의 歷史발

쟁취했느니라.

적은 피 보았느니라.[10]

　이 시에서 중요한 것은 동학→3·1운동→4·19로 이어지는 인과의 축도 아니요 그렇다고 각 사건들에 대한 진술의 진실성 여부도 아니다. 이 시에서는 중요한 것은 사건들의 배치다. 이 배치가 최종적으로 겨냥하는 것은 독자다. 이 시를 읽는 독자는 자연스럽게 동학→3·1운동→4·19로 이어지는 배치 속에 놓여진다. 그래서 독서의 사건을 통해 독자는 재의미화될 수 있는 것이다. '세계'가 열린다는 것은 이 배치의 힘을 텍스트 밖으로까지 펼쳐내는 것이다. 이 때 그 증인이 '참여의식'이 될 수 없는 이유는 '참여의식'이 증인이 되는 순간, 그것이 행위가 아니라 표상의 차원에 머물러 버리기 때문이다. 이런 논리를 통해 김수영은 신동엽이 사건의 배치를 통해 야기하는 '세계-역사'의 감각을 서정주의 '전통-역사'의 감각과 비교한 것이다.[11]

• • •

10. 『금강』, 『신동엽전집』, p. 301.

11 오문석, 「전통이 된 혁명, 혁명이 된 전통」, 『상허학보』, 2010.; 이 논문에서 오문석은 김수영과 신동엽이 차지하는 위치를 서정주와 대비하여 검토했다. 서정주가 우주적이며 신화적인 것이라는 점에서 허구적인 전통인 반면 김수영과 신동엽의 전통관은 혁명과 결합하게 되면서 정치적인 의미를 내포하고 있음을 주장했다.

　신동엽이 강조하는 '현실'에 김수영이 강조하는 '세계'가 맞선다. 하지만 전자는 핍진성을 강조하는 것인지, 행동을 강조하는 것인지 모호한데 반하여 후자는 참여문학에 있어 중요한 것은 행동이 아니라 행위라고 말하는 듯 보인다. 행동으로서의 문학은 무엇을 그려냈느냐를 문제 삼는다. 행동의 결과가 문학텍스트이기 때문이다. 그리고 이 행동의 결과적 효용성에 대해 논의하게 된다. 하지만 행위로서의 문학은 무엇을 왜 그려내려 했느냐를 문제 삼는다. 이 때 행위의 효과는 텍스트 안에는 없다. 이는 보통 가치화할 수 없다고 간주되는 것이기 때문이다. 이는 표상화된 문자 텍스트의 행간을 적극적으로 읽어내려는 행위에 의해서만 드러난다. 행위로서의 문학가의 가치는 독자의 행위 없이 발현되지는 않는 것이다. 가치는 사물에 내재하는 것이 아니라 쓰기-읽기 행위와 '함께' 한다. 그래서 행위에 내재한 가치이론을 주장하는 데이비드 그레이버 같은 이론가들은 "예술이나 문학의 생산 역시 물질적 생산 과정의 일부라는 것이 곧 분명하게 드러날 것"이며 "이러한 유물론적 관점에서라면 문학은 더 이상 '텍스트'에 관한 것이라기보다는 그것을 읽고 또 쓰는 행위에 관련된 것으로 이해"[12]될 것이라고 전망하는 것이다.

　물론 작가의 행위만큼이나 독자의 행위도 중요하다. 절대적이고 완전한 세계로 초월하려는 인간이 보여주는, 세계와의 불화가 갖는 가치는 사실 해석적 가치이다. 낭만성이 야기하는 현실에 대한 불화와 부정정신은 그 행위를 바로 그렇게 해석해 주는 행위에 의해서만 정치성을 보유할 수 있는 것이기 때문이다. 우리는 종종 이 해석 행위에 대해 간과한다. 이 해석 행위를 괄호 치는 순간, 낭만의 정치성은 안일하고 무지한 것에 불과해진다.

---

12 데이비드 그레이버, 『가치이론에 대한 인류학적 접근』, 그린비, 2009. p. 137.

　　신동엽의 정치적 낭만성 혹은 낭만성의 정치를 비판하는 글들은 이 '행위'
를 괄호치고 있는 것에서부터 문제가 있다고 판단된다. 다시 말해 「아사녀」
의 세계를 특수한 것에서 보편적인 것을 담지하는 상징으로서만 읽어내는
순간, 신동엽 문학은 의고(擬古)적 취미 이상이 되지 못하고, 작가와 독자의
모든 행위로서의 가치는 은폐되고 마는 것이다.

02 | '정치적 낭만성'에서 '예시적 정치(prefigurative politics)'로

　　필자는 작품을 통해서 펼치는 위와 같은 문학행위를 '예시적 정치'라는
개념으로 볼 것을 제안하고 싶다.13 다소 생소한 개념인 예시적 정치(prefi-
gurative politics)에 대해서는 약간의 설명이 필요하다. 예시적 정치란 활동가
들이나 정치이론가들이 "의도적으로, 자신들이 만들고 싶은 사회와 비슷하
게 조직을 만드는 행위"14를 뜻한다. 어떤 이상사회를 꿈꾸는 사람들은
자신의 '지금', '여기'를 바로 그 실험장으로 삼는 경향이 있다는 것이다.
이를 단순히 그들 정치의 예비적 단계로 생각해 볼 수도 있겠다. 하지만
예시적 정치가 함의하는 바는 간단치 않다. 정치란 '미래'가 아니라 오직
'지금', '여기'의 문제라고 말하는 방식이기 때문이다.

　　예시적 정치이란 "현실 속에서 마치 혁명 이후의 유토피아가 실현된
것처럼 행동함으로써 혁명을 "지금, 여기"서 수행적으로 쟁취하는" "동시
에, 아직 존재하는 문제의 근원을 밝혀내고 해결의 길을 만들려고 하는
직접행동과 아나키즘의 전동에서 태어난 개념이다."15 아직 가능성으로만

・・・

13. 본고의 "문학작품은 또 다른 예시적 정치의 장이다"라는 아이디어는 2013년 10월 20일
　　수유너머N의 화요토론 뒷풀이 자리에서 최진석 선생(서울대 노어노문학과)과의 대화 속에
　　서 얻은 것이다. 당시 선생은 '예시적 정치'와 '문학'이라는 테마로 자신의 글을 준비하고
　　있었다.
14. 코소 이와사부로, 『뉴욕열전』, p. 310의 옮긴이(김향수)의 주에서 인용.

남아 있는 정치는 예시적 정치의 형태로서만 현실태가 된다. 새로운 정치의 "가능성과 미결정성은 무엇보다도 그들이 기치를 세우고 있는 이상사회를 '바로 지금 이 운동단체'속에서 실현하는 것 이외에는 존재하지 않는다."[16] 그레이버는 "기존의 혁명운동에 대해 '정치기구의 통제권을 장악함으로써 자본주의를 극복하려고 한 다양한 시도'가 실패했다고 보면서, '낡은 사회의 껍질 속에서' '새로운 사회를' 건설하기 위해서는 이러한 예시적 정치를 통해 조직을 운영해야 한다고 생각"[17]한다. 그래서 그는 '목적이 수단을 정당화한다'거나 '혁명가의 책무는 국가권력을 획득하는 일이다'라고 하는 사고를 거절하면서, '지배기구의 실태를 폭로하고, 그 부당성을 밝혀내며, 해체하는' 한편, 거대한 '자율적 공간'을 획득하여 '참가형 운영'을 실현해야 한다고 보았다. 이처럼 예시적 정치란 '지금', '여기'에 가능성으로서의 유토피아를 곧바로 끌어들이는 일이다. 이는 일장춘몽을 섣부르게 꾸는 행위가 아니다. '변혁을 위한 잠재력'을 하나의 가치로서 간주하고, 그 가치가 통용되도록 만든다. 이렇게 "'가치'를 끝없이 '운동'시켜 세계변혁의 가능성으로 무한정 근접"[18]시키는 일이기 때문이다.

따라서 예시적 정치는 예비적 정치가 아니라 생생한 정치다. 컵 하나의 가치는 바로 그 컵에 내재한 것이 아니라 컵을 사용해 갈증을 해결하려는 의도·상상력에서 기인한 것이고 그래서 그 상상력이 곧 가치에 포함되어야 한다는 관점에서 그렇다. 그렇다면 문학이야말로 예시적 정치의 또 다른 형태라고 할 수 있다. 가능성으로서 존재하는 미래의 정치를 문학은 문자적 차원에서 구현한다. 이는 꿈을 스케치하는 일(표상)이 아니라 꿈을 가상으

* * *

15. 하지메, 『코뮌과 민족지의 가능성』, 2012. 01. 31.
   (웹발행물) http://suyunomo.net/?p=9437#footnote_9_9437
16. 코소 이와사부로, 앞의 책, p. 310.
17. 위의 책, p. 310.
18. 위의 책, p. 338.

로 살아보는 일(행위)이다. 김종철은 신동엽의 시가 상고시대 역사에서
발견되는 민족의 원형을 그리며 민중에 대한 강한 애정을 그려낸다고 보았
다. 특히 신동엽의 문학세계는 도가 사상가들이 품은 협동적인 사회의 상과
유사함을 주장을 펼친 바 있다. 이와 같은 문학공간에서 펼쳐지는 예시적
정치는 독자로 하여금 이 공간을 살아보게 만든다. 이 말인즉 신동엽 시에
주로 "~할 것이다."는 당장의 현실과는 거리를 둔 예언자의 목소리가 아니라
"~하자", "~해라" 등의 적극적인 실천 의지를 담은 혁명가의 목소리라는
것이다. 「散文詩 <1>」의 일부를 읽어보자

> 스칸디나비아라든가 뭐라구 하는 고장에서는 아름다운 석양 대통령이라고
> 하는 직업을 가진 아저씨가 꽃리본 단 딸아이의 손 이끌고 백화점 거리 칫솔
> 사러 나오신단다. 탄광 퇴근하는 鑛夫들의 작업복 뒷주머니마다엔 기름 묻은
> 책 하이데거 럿셀 헤밍웨이 莊子 휴가여행 떠나는 국무총리 서울역 삼등대합실
> 매표구 앞을 뙤약볕 흡쓰며 줄지어 서 있을 때 그걸 본 서울역장 기쁘시겠오라
> 는 인사 한마디 남길 뿐 평화스러이 자기 사무실문 열고 들어가더란다.[19]

이 시가 흥미로운 것은 대통령이라든가 국무총리의 권력자답지 못한
모습 때문이 아니다. 그런 이미지는 문학이 아니고 일개 공상으로서 존재할
수도 있다. 하지만 "스칸디나비아라든가 뭐라고 하는 고장"에서 시작된
이야기가 너무도 천연덕스럽게 "서울역"으로 연결되는 지점은 독특하다.
이 작품은 이 지점에서 예시적 정치를 수행하는 중인 것이다. 먼 나라의
이상적 정치를 '지금' 바로 '여기'로 끌어들이기 때문이다.

• • •

19. 「산문시 <1>」, 『신동엽전집』, p. 83.

03 | ʹ자유(自由)ʹ에서 ʹ주유(周遊)ʹ로

문학의 예시적 정치는 놀이 공간의 성격을 지닌 기능이다. 앞의 시에서 독자는 '대통령'이라는 감히 손댈 수 없는 권력주체를 말판 놀이의 말로 사용해 한 수씩 두고 있는 셈이기 때문이다. 마치 천진한 아이가 내가 대통령이 된다면 '~을 할 것이다'라고 말하는 방식의 놀이인 셈이다. 체스는 전쟁의 결정권자인 왕의 권력을 법이 아닌 놀이의 규칙으로 전환시킴으로써 누구나 이 권력을 체험하고 훈수를 둘 수 있도록 만든다. 놀이를 통해 가능성의 가치가 열리는 것이다. 때문에 아사녀에서 김수영이 신동엽을 고평하는 이유는 4·19라는 소재를 다루었기 때문이 아니라 바로 4·19에 동학을 배치시키는 일. 그래서 미래에의 비전을 바꾸는 일을 가능하게 만들었기 때문이다. 이 점에서 신동엽의 작품은 문학 텍스트가 아니라 문학 공간이라고 말하는 편이 더 온당하다.

이제 이 같은 과정으로 통해 독자는 시의 말미 "반도의 달밤 무너진 성터가의 입맞춤이며 푸짐한 타작소리 춤 思索뿐 하늘로 가는 길가엔 황토빛 노을 물든 석양 大統領이라고 하는 직함을 가진 신사가 자전거 꽁무니에 막걸리병을 싣고 삼십리 시골길 시인의 집을 놀러 가더란다." 같은 구절이 헛된 꿈이라고 보지 않게 된다. 이는 나중에야 비로소 이해하게 될 그런 필연성에 속할 것이다. 그의 시는 독자로 하여금 그러한 필연성 속으로 스스로를 내맡기게 하고 있는 것이다. 그러므로 상상력은 권력자의 눈에는 죄가 될 가능성이 높은 것이다.

鮮于씨에 의하면 이 땅에선 서러워하는 것도 죄가 된다. 시인이 久遠의 彼岸, 그 내일을 동경해도 反國家罪가 될 우려가 있다. 네가 노래하는 내일이란 언제를 뜻하고 있는 거냐고 협박한다. 코카콜라 상품주의라는 말로 歐美文明

을 비유해도 죄가 된다. 코카콜라라는 말이 아니라 사실은 다른 말로 표현하고 싶었던 게 아니냐고 생트집을 잡고 대어본다.[20]

선우휘와 참여시 논쟁을 벌인 이 글에서 신동엽은 참여문학의 상상력이 어찌 전체주의를 긍정하는 죄가 되느냐고 반문하고 있다. 그런 태도야말로 작가의 소임이 "作家精神으로 많은 世界現象 가운데 사소한 하나의 現象에 지나지 않는 政治的 表情을 요리해"야 함을 잊은 결과라고 반박한다. 여기서 작가가 "정치적 표정을 요리"한다는 것은 저항의 상징을 주조해 단숨에 현실 응전하는 일로서 문학을 수행한다는 것이 아니다. 반대로 문학은 "사소한 하나의 현상"에 대항해서 무수히 많은 현상을 제시하는 일이다. 이것을 그는 "무한차원의 세계 속을 높이 周遊"하는 것이라고 설명한다. "周遊"라는 표현에도 드러나듯이 두루 돌아다니며 구경하며 노는 일이 문학의 일이라는 것이다. 여기서 필자는 다시 한 번 신동엽의 문학세계가 의고적 취미가 아니라 하나의 놀이공간으로서 예시적 정치의 실험장임을 강조해 본다. 신동엽의 문학세계가 상상의 민주주의 체계 속에서 정동을 실험해 보는 일이라는 것, 민주주의의 실험실로서 작동한다는 것에 대해 조강석은 다음과 같이 설명하고 있다. "문학이 상징을 축조하는 작업이 아니라 거듭 갱신되는 부정을 통한 모색이라는 이 발언이 앞서 인용한 민주주의에 대한 발언과 함께 검토되어야 우리는 신동엽의 작품 세계에 조금 더 육박해갈 수 있다." "문학은 이분법적 형이상학이나 맹목적 상징과는 거리가 먼 구체적 개별자들이 감성적 영역에서 전개하는 부단한 자기갱신과 관계 깊기 때문이다. 그리고 바로 그렇기 때문에 그것은 전략의 문제가 아니라 희망의 문제가 된다."[21]

• • •

20. 「선우휘씨의 홍두깨」, 『신동엽전집』, pp. 394-395.

　1장에서 필자는 신동엽에 대한 과도한 기대 혹은 비판은 현실주의에 대한 근거 없고 모호한 집착에서 시작된 것이며, 오히려 그 현실주의는 진정한 참여시로서의 자격을 부정케 하는 요소임을 설명했다. 무엇을 그렸느냐가 아니라 무엇을 행했는가 혹은 행할 수 있는가로 질문을 돌릴 때 신동엽 문학의 가치는 달라진다. 이 점에서 '세계'가 중요해진다. 2장과 3장에서는 '예시적 정치'의 공간으로서 신동엽 문학이 이러한 가능성의 '놀이'가 이루어지는 곳이라는 점을 강조했다. 이 짧은 글을 통해 필자는 신동엽 문학을 다시 읽는 방법론 혹은 키워드로서 '세계', '예시적 정치', '놀이'를 제시해 본 셈이다. 적은 분량으로 넘치는 전망을 담았다. 따라서 각각의 키워드는 조금 더 세심하게 다루어질 필요가 있다. 이는 필자의 차후 과제로 남긴다.

　문학은 도래할 역사의 미니어처를 자임한다. 이는 비단 신동엽 문학에 대한 평가 뿐 아니라 유토피아를 노래하는 모든 문학 작품에 대해 그 가치체계를 재설정하는 작업이 될 수 있을 것이다. 모든 혁명가가 몽상가인 이유, 반대로 몽상가가 혁명가가 될 수 있는 이유는 이러한 '세계'를 지향하는 '예시적 정치'의 '놀이성'에서 기인할 것이다. 신동엽의 민족지적 회화는 영웅의 집 안이 아니라 길거리에 걸려 누구나 덧칠할 수 있도록 놓여 있던 것이다.

---

21. 조강석, 「신동엽 시의 민주주의 미학연구」, 『한국시학연구』, 2012. p. 428.

현장을 떠나지 않는 '전경인'

이 대 성

01 | 아무도 책임지지 않는 역사 현장

항간에 떠들썩한 대선 댓글과 송전탑 사건을 놓고 어느 입장이 옳고 그른가를 골머리 썩힌다. 몇 년 전에는 다른 사건을 두고 논쟁했던 기억이 난다. 그런데 지금에 와서 강물이 녹색으로 변하고, 대기에 분진이 확산되었으나 아무도 책임지지 않는다. 아무도 책임지려 하지 않기에, 남은 사람들만 서로 치고 받으며 온전히 막장으로 치닫는다. 핵심을 보지 못하고 변죽만 울리고 있을 때, 책임은 사라진다.

언제부턴가 사람들 사이에 '막장'을 공유하면서부터, 오롯이 서로를 적으로 삼아 변죽만 올린다. 사람들은 그 많은 다툼에 익숙해져 책임 회피하기에 바쁘다. 이들은 자발적으로 막장의 시대에 공모함으로써 함께 다투다 사라진 사람을 쉽게 잊어버리고, 동시에 지쳐가는 자기 자신을 눈치채지 못한다. 우리는 말 그대로 '공멸(共滅)'하고 있다.

다행스럽게도 현 사회는 죽음에 관대하다. 과거처럼 장례식 절차를 복잡하게 따지지 않고 화장함으로써, 우리는 죽은 자를 오래 기억하지 않는다.

죽은 자는 말이 없다. 따라서 일시적으로 사태를 무마하면 된다. 강물을 틀어막고, 댓글 조작과 송전탑 세우기에 앞장서는 공조직이 '공멸'에 대한 책임을 지지 않더라도, 장기적으로 문제될 만한 사태는 발생하지 않는다. 그러니 오십 년 이상 지난 역사를 기억할 리 만무하다. 역사는 어떤 책임도 없이 마음대로 써질 수 있게 됐다.

그래서 이 시대의 키워드를 '공멸'이라 해도 좋을 것 같다. 우리는 전부 '막장'에만 관심을 쏟고 있어 공적으로 사적으로 모든 책임을 방기한다. 우리는 6·25 전쟁을 경험한 어른들과 전혀 다른 시대를 살아가고, 마찬가지로 미래를 살아갈 아이들을 고려할 이유 없이 현재를 살아간다. 죽음과 함께 모든 것이 사라질 것이며 아무 책임도 질 필요가 없기 때문에.

그렇더라도 꼭 지금 이 시대를 '막장'으로 결정할 수 있을까. 어느 시대나 종말론이 유행하기도 했지만 그럴 때마다 변화를 이끌어내는 움직임이 있었기에, 사람들은 살아남았다. 우리가 죽음에 관대해지면서 역사의 책임을 방기하는 것과 달리, '공존(共存)'을 위해서는 잊어버린 죽음을 기억하여 역사에 대한 책임을 상기해야 할 것이다. 그러니 미래를 살아가야 할 아이들을 위해, 아무도 책임지려 하지 않는 역사에 대해 지금 현장을 살아가는 우리에게 그 책임을 물어야 할 것이다.

다시 이 시대의 키워드를 '공존'으로 바꿔 읽으려 한다. 핵심은 대지를 아무 책임 없이 파괴하고 있는 공공성의 부재일 것이다. 만약 너와 나, 과거와 미래, 남성과 여성, 지배자와 피지배자 등 수많은 이분법의 경계를 비틀어 서로가 접촉할 수 있는 '완충지대(緩衝地帶)'가 있으면, 아무도 서로를 함부로 적으로 만들 수 없을 것이다. '완충지대'는 재작년 가을 신동엽학회 학술대회의 주제이기도 하다. '완충지대'는 과거에 누군가 아무 책임 없이 댓글 폭약을 터뜨리고, 송전탑 침략을 강행하여 살아 있는 모든 존재를 '공멸'로 몰아 간 "硝煙 걷힌 밭두덕 가"이다. 하지만 이를 '공존'으로 전환하기 위해 현재는 '풍장'을 울려, 뼛가루를 바람에 날리며 죽은 역사를 기억하는 공간이다.

동일한 맥락에서 올해 가을 심포지엄은 여러 방식으로 공존해온 '한국문화'를 신동엽 문학에서 살펴보기로 했다. 특히, 신동엽이 시인의 역할로 여겼던 '전경인(全耕人)' 정신을 살펴봄으로써, '특종계급'의 문학을 지양하여 전체를 사유하고 융합할 수 있는 인간을 지향해 보기로 한 것이다.[1] 신동엽의 등단작을 읽다보면, "메마른 公分母가 / 화려한 文明市엔 유세스런 帳幕이고", "하면, 오늘 밤을 어떻게 할테란가. <博愛>로운 폭약이여, <正義>로운 侵略이여", "싸우고 싶은 者 저희끼리 싸우게 하고 / 獨尊하고 싶은 者 철창 속에 독존케 하라"(「이야기하는 쟁기꾼의 大地」 제3화, 부분) 등의 시구를 통해 당대 역사 현장을 예측할 수 있다. 6·25 전쟁으로 대변되는 현장은 화려한 문명의 장막으로 '공멸'을 가려놓고, '박애', '정의'가 '폭약'과 '침략'을 지지하여 도덕성을 상실했으며, 아무 책임 없이 '독존'을 생각하는 자들끼리 공공의 책임을 방기한다.

시인은 불가피하게 파괴된 이러한 공간에서 현재를 다시 시작하면서, 역사에 대한 책임을 강하게 의식했던 것으로 보인다. 그러나 신동엽의 책임은 온전히 그의 것으로 끝나버린 것일까. 개그 하는 신동엽은 기억해도, 시 쓰는 신동엽은 기억나지 않는다. 불행하게도 신동엽의 예지는 너무 정확하다. "전경인임으로 해서 고도에 외로이 홀로 떨어져 살아가는 한이 있더라도 문명기구 속의 부속품들처럼 곤경에 빠지진 않을 것"[2]이라 말한 것처럼, 신동엽은 우리로부터 멀어졌다.

우리가 이미 화려한 문명의 장막에 익숙하여, 공멸해 가는 세계를 성찰하

<hr>

1. 신동엽, 「詩人精神論」, 『신동엽전집』(2판), 창작과비평사, 1980, 371쪽 참조
2. 앞의 책, 373쪽.

지 못하기 때문이다. 그래서 현재를 살아가는 우리의 공존을 위해서라도 죽은 자들의 공간에 주목할 필요가 있다. 댓글로 인해 공공성이 훼손되었는데, 송전탑으로 인해 살고 있는 사람의 육체가 훼손되었는데, 아무도 책임지지 않겠다는 것이 말이 되는가? 죽은 사람은 있는데, 죽인 사람이 없다는 게 말이 되는가? 누군가는 반드시 책임을 져야 한다. 책임지지 않고 그저 싸우기만 하는 모든 이들은 공멸할 것이다. 반대로 서로에게 책임을 전가하지 않는 자들만이 공존할 것이다. 이 글은 아무도 책임지지 않는 역사를 책임지기 위해, 신동엽 시인의 시집 『아사녀』3를 한 편 한 편 읽어 간 과정을 기록함으로써 '공존'의 현장으로 시선(詩線)을 옮겨가는 데 의의가 있다.

02 | 학살의 역사가 남아있는 '산 무덤'

나는 신동엽의 시집 『아사녀』를 읽는 내내 산을 오르는 것을 상상했다. 그러자 시집의 배경이 되는 산은 단순히 자연으로서 본래 존재하는 것이 아니라, 인위적으로 존재하게 된 '무덤'이라는 사실에 경악했다. 아무도 책임을 지지 않아 묻어뒀던 학살 현장이 갑자기 수많은 증거와 함께 '박애'와 '정의'를 앞세워 남의 생명을 박탈해 간 살인자를 지목한 것이다.

시집 『아사녀』 안으로 깊숙이 들어갈수록 아름다운 진달래꽃 아래, 지금은 아무도 살지 않는 것처럼 보이지만 과거에 누군가 죄 없이 죽었던 고통의 흔적을 보고 얼어붙는다. 시체는 그 자리에 그대로 남아 살인범이 어떻게 자신을 죽였는지, 살아남기 위해 어떻게 몸부림쳤는지를 말해준다. 나는 여태껏 주목하지 않았던 고통의 현장을 보면서, 알고 싶지 않았던 참담한 역사를 펼쳐든다.

• • •

3. 신동엽, 『아사녀(阿斯女)』, 문학사, 1963.

길가엔 진달래 몇 뿌리
꽃 펴 있고,
바위 모서리엔
이름 모를 나비 하나
머물고 있었었어요

잔디 밭엔 長銃을 버려 던진 채
당신은 잠이 들었죠.

햇빛 맑은 그 옛날
후 고구렷적 장수들이
의형제를 묻던,
거기가 바로
그 바위라 하더군요.

기다림에 지친 사람들은
산으로 갔어요
뼛섬은 썩어 꽃죽 널리도록.

남햇가,
두고 온 마을에선
언제인가, 눈 먼 식구들이
굶고 있다고 담배를 말으며
당신은 쓸쓸히 웃었지요.

지까다비 속에 든 누군가의

발 목을

果樹園 모래 밭에선 보고 왔어요.

꽃 살이 튀는 산 허리를 무너

온 종일 탄환을 퍼 부었지요.

—「진달래 山川」, 1~7연

길가에 펴 있는 진달래꽃과 바위를 아무 생각 없이 쳐다보다가, 갑자기 꽃과 바위 아래 장총을 버려 던진 채 잠들어 있는 당신을 봤다. 그 바위는 고구렷적 장수들이 의형제를 묻던 무덤이라 한다. 게다가 기다림에 지친 사람들의 살과 뼈가 모두 찢어져 형체를 알 수 없는 '뼛 섬'으로 '꽃 죽'으로 널려있다. 무덤의 이미지가 겹쳐지면서, 잠들어 있는 당신은 이미 죽은 자였음이 밝혀진다.

먼저, 1연과 11연의 거리가 '있었었어요'라 전하던 먼 과거의 시간에서 '있었어요'라는 좀 더 가까운 과거의 시간으로 이동하는데, 이로 인해 나는 '산 무덤'에 서서 먼 과거로만 느꼈던 대량 학살의 장면을 점점 가까운 거리에서 지각하게 된다. 산 능선을 따라 돌면서, 보이지 않던 길로 들어서면서 '누군가의 발 목', 단어 그 자체로 토막난 육체를 발견한다. 이 산의 내부를 걸으면서 진달래 산천은 사실상 새빨간 피가 뒤섞여 만들어진 산 무덤이었다는 것을 뒤늦게 알게 된 것이다.

굶주림을 참지 못한 사람들이 마지막 도피처를 찾아 간 커다란 산, 이곳에 누군가 '온 종일 탄환을 퍼 부었'다. 그것도 지칠 만큼 지쳐 있는, '지까다비' 신은 가난한 노동자를 '온 종일' 죽였다.

삼백 예순 날 날개 돋힌 폭탄은 대양 중 가운데
쏟아졌지만, 허탕 치고 기빨은 돌아 갔다.
승리는 아무데고 없다.

후두둑 大地를 두드리는 여우비.
한 무데기의 사람들은 냇가로 몰려 갔다.
그들 떠난 자리엔 펄 펄 펄 心臟이 흘리워 뛰 솟고.

독은 비어 있다.
다투어 배 밖으로 쏟아져 나간 콩나물 歷史.
아침 햇살 속 오간 수만 화살. 날아간 물체들의
흐느낌은 定한 門, 地平의 밖이었다.

그곳엔 무덤이 있다.

─「이곳은」, 부분

　살아 있는 사람이 더 이상 남아 있지 않다. '기빨'(깃발)을 들고 와 온
종일 탄환을 퍼부은 자리, 그들이 짓밟은 자리만 남아 있다. 희망이 없어
'지친 사람들이' 몰려든 자리에 깃발을 든 사람들이 태연하게 '날개 돋힌
폭탄'을 쏟아 부었다. '한 무데기의 사람들은' 지나칠 정도로 겁 많고 아는
게 없어서 폭탄의 위력을 알지도 못한다. 그래서 '지친 사람들에게'는 '폭탄'
이 '여우비'라든지 '비 묻은 구름'으로만 여겨진다. 결국 "삼백 예순 날
날개 돋힌 폭탄은 대양 중 가운데 / 쏟아"지면, "냇가로 몰려 갔"던 "한
무데기의 사람들은" "펄 펄 펄 心臟"을 몸 바깥으로 내놓게 된다.

왜, 힘없고 가난한 사람들은 마지막 도피처에서마저 삶을 박탈당해야만
했을까. 이해할 수 없는 학살이 벌어졌다. "승리는 아무데고 없다." 그 대신
모든 삶이 사라진 자리에, 죽은 자들이 그 자리에 무덤으로 남아, 깃발
든 사람들에게 폭격당한 증거를 남겨놓았다. 콩나물 역사(歷史)가 무덤으로
천만리(千萬里) 이어져, 참담한 학살의 역사를 보존하는 것이다.

   1

줄줄이 살뼈도 흘러 나려 내를 이루고 怨恨은 물레밭을 이랑 이뤄 만사꽃을
피웠다.

七月의 太陽과 은나래 젓는 하늘 속으로 眞珠배기 치마폭 화사히 흩어져
가고 더위에 찌는 黃土벌, 전쟁을 불 지르고 간 原生林에 한 가닥 노래 길이
열려 한가한 馬車처럼 大陸이 기어 오고 있었다.

오월의 숲 속과 뻐꾸기 목 메인 보리꺼럭 傳說밭으로, 가슴 뫼로 허리 논으로
마음 벌판으로 장마철 비바람은 흘러 나리고

산골 물소리 만세소리 폭폭이 두 가슴 쥐어 뜯으며 달팽이 장장마다 호미
세 자루 조밥 한 줌 흘려보낸 鐵道沿邊 怨墳은 千萬里 멀었다.

구름이 가고 새 봄이 와도 허기진 平野, 낙지뿌리 와닿은 선친들의 움집뜰에
王朝ㅅ적 투가리 떼는 쏟아져 江을 이루고, 바다 밑 용트림 휘 올라 어제
우리들의 역사밭을 얼음꽃 피운 億千年 돌창 떼 뿌리 세워 하늘로 反亂한다.

—「阿斯女의 울리는 祝鼓」, 부분

나는 잠깐, 아사녀가 "울리는 축고"를 들으며 산언덕을 오르고 있다고
생각했다. 그런데 여태껏 경험을 토대로 하여 "원한(怨恨)"으로 피어난 "얼음

꽃"을 마주한다. 아사녀를 묘사하는 "진주배기 치마폭", "가슴 꾀로 허리 논으로 마음 벌판"이란 "원분(怨墳)"이고, 이를 덮고 있는 "진달래 꽃", "피 꽃"이다. 무덤에는 전쟁의 폭격을 고스란히 증언하는 "지뢰밭", "탄피"가 박혀 있다. 그리고 그 주변으로 "왕조(王朝)ㅅ적" 누군가 그 자리에 밥 짓고 살았음을 말해주는, "투가리"(뚝배기)가 쏟아져 있다. 모두 산산조각나 있다. 칠 월, 오 월, 유 월, 팔 월 등 시간대를 달리 하여 죽어간 "민텅구리 죄 없는 백성"이다.

"아사녀"의 무덤이 억천년의 시간과 천만리의 거리를 넘어 나에게까지 보인다. 나는 비로소 "이곳에" 어렵게 밥 짓고 살아간 사람들을 첨단의 무기로 짓밟고 떠난 그들을 본다. 그들의 "낙지뿌리"는 갈 곳 없는 사람들의 밥그릇마저 뒤엎으면서 자기들의 땅을 확장해야 하는, 허기진 평야까지도 흡착(吸着)하여 모든 생명이 고갈될 때까지 "탄환", "폭탄", "지뢰밭", "탄피" 를 쏟아 붓는다. 살인범들은 시간이 지나면 그들의 행위를 아무도 기억하지 못할 거라 생각한다. 죽은 자는 말이 없으니까, 합법적으로 잘 묻어두면 되겠지. 하지만 분명한 사실은 그럼에도 불구하고 산산조각 난 육체가 억천 년(億千年) 남아 그들의 비인간적 행위, 전쟁을 일삼는 "낙지"들에게 책임을 묻는다. 학살의 역사는 그 자리에 남아, 자기 땅을 잃어버린 자들의 원한으로 뭉쳐 "반란(反亂)"을 꿈꾼다. 아무리 완벽한 첨단 무기로 산에 터널을 뚫는다 고 할지라도, 산 무덤이 자취도 없이 사라질 수 없다.

03 | 상생의 역사를 이어가는 '능선(陵線)'

신동엽의 시를 읽으면 읽을수록 죽은 자들의 무덤을 가장 섬뜩한 방식으 로 경험한다. 아무도 없는 산이라 생각했을 것이지만, 산의 능선을 따라 걸으면서 우리가 "아사녀"의 무덤을 보게 된 것처럼 말이다. 더불어 단순히

"능선(稜線)"을 걷고 있을 뿐 아니라, 무덤을 따라 이어진 "능선(陵線)"을 걷고 있다는 것도 알게 된다. 하나의 "능(陵)"은 한 편의 죽음만을 고발하면서 다른 한 편의 생을 지속하지 않는다. 하지만 그것들이 계속 "선(線)"으로 이어질 수 있다면 "학살"의 역사가 "공멸"의 현장으로 완료되는 것이 아니라, "공존"의 현장으로, 죽음에서 삶으로 "상생"의 역사를 이어간다. 그리하여 "능선(陵線)"은 각 시간대에 발생한 학살의 역사이면서, 또한 상생의 역사를 둘 다 보존한다.

二次대전 저물어가기 얼마 전의 이야길세.
豆滿江邊 어느 村落을 지남 길
한 할아버지로 부턴 이런 이야길
들은 일이 있네.

우리하고 글쎄 무슨 상관이 있단 말요.
왜 자꾸 와 귀찮게 찝쩍이냐 말요.
내 멀쩡한 四肢로 땅을 일궈서
강냉이, 고구마, 조를 추수하고
옆 마을 海蔘장 정북과 바꿔 오구,
시집 보내구, 장가 보내구, 잘 사는데,
글쎄 뭘 어떻거겠단 말이랑요.

그러나, 그들의 마을에도, 등가죽에도,
방방곡곡 벋어 온 낙지의 발은
악착스레 着根하여 수렁이 되었나니.

그렇다 오천년간 萬主義는

백성의 허가 얻은 아름다운 도적이었나?

—「이야기하는 쟁기꾼의 大地」 제4화, 부분

　폭약과 침략을 통해 "기생탑"을 세우는 문화가 생기기 이전에, 남의 물건을 빼앗지 않아도 자신이 직접 "땅을 일궈" 배를 채우고, 필요한 물건이 있으면 "바꿔오구", "시집보내고, 장가보내구, 잘" 살았다. 음식을 상호 교환하며 상생을 추구한 마을은 "이 기(旗) 저 기 팔려다니며", "양 어금니 째져 나온 불쌍한 종족들"(제3화), "낙지의 발"에 착취당하며 "수령"으로 변하였다. 그들은 사람의 모습과 다소 다른, 야만족이거나 짐승인데 돌연 "허가 받은" 도적으로 둔갑하여 남의 땅을 빼앗고 세금을 거뒀다. 물론 자기 땅을 빼앗긴 사람들은 공동체를 지켜내기 위해 애써 저항하지만, 그 자리에 무덤으로 남게 된다.

　따라서 무덤은 야만족의 침략을 기억하고, 또 한편 "오천년"의 시간 이전 상생의 역사를 기억한다. 너머의 시간대를 기억하는 사람은 죽었지만, 이들이 한때 반드시 살아 있었으며, 또 학살에 의해 자기 땅을 잃었다는 역사, 달리 말해 남의 땅을 짓밟고 들어온 자들이 있었다는 역사는 "능선(陵線)"으로 이어진다. 그리하여 "능선"을 따라가다 보면, 학살과 상생의 시간을 구분하여, 역사를 융합적으로 사유하는 사람들을 만나게 된다.

　이 시에서는 이와 같은 융합적 인간을 "이야기하는 쟁기꾼", 즉 "전경인(全耕人)"이라 명명한다. "전경인"은 오늘은 없는 죽은 그를 그리워하며, 폭약과 침략을 정당화하는 학살의 역사를 원망하고, 상호 교환의 공동체가 가능했던 상생의 역사를 향해 움직인다.

　저건 꼭두각시구, 저건 주먹이구, 저건 머리구.

별수 없어요, 어머니, 저 눈 먼 技能者들을
한 십만개 긁어 모아 여물 솥에 쓸어 옇구
푹신 쪼려 봐 주세요. 혹 하나쯤 온전한
사내 울어 날지도 모르니까.

해두 안되거든 어머니, 생각이 있어요.
힘은 좀 들겠지만 地上에 있는 모든 숫들의 씨
죄다 섞어 받아 보겠어요. 그 반편들 껄.
욕하지 마세요. 받아 넣고 정성껏 조리해 보겠어요.
문제 없어요, 튼튼하니까!

— 「이야기하는 쟁기꾼의 大地」, 제6화, 부분

　　"대지"는 "능선"의 굴곡에 의해 여성의 외관을 입게 되고, 나아가 "지상에
모든 수들의 씨"를, "정성껏 조리"하는 자궁을 비유하게 된다. 하지만 더
중요하게도, "대지"는 단순히 여성을 비유할 뿐 아니라, 실체적으로 있었던
역사를 있는 그대로, "얼굴 고운 사람"(「진달래 산천」), 쉬고 있는 "이국
병사", "백인 병사", "탱크 부대"(「풍경」), 그리고 "민텅구리 죄 없는 백성
들"(「阿斯女의 울리는 祝鼓」) 등 나쁜 남성, 학살의 역사 그리고 좋은 남성,
상생의 역사 등을 보존하는 역사적 공간인 셈이다.

그리운 그의 얼굴 다시 찾을수 없어도
화사한 그의 꽃
山에 언덕에 피어날지어이.

그리운 그의 노래 다시 들을 수 없어도

맑은 그 숨결

들에 숲속에 살아갈지어이.

쓸쓸한 마음으로 들길 더듬 논 行人아.

눈길 비었거든 바람 담을 지네.

바람 비었거든 人情 담을 지네.

그리운 그의 모습 다시 찾을 수 없어도

울고 간 그의 영혼

들에 언덕에 피어날지어이.

—「山에 언덕에」, 전문

　"대지"를 걷는 사람은 처음에는 아무것도 보이지 않지만 "눈길 비었거든", "바람 비었거든", 보이지 않는 만큼 하나씩 부분을 모아 따라 간 만큼, "멍텅구리 죄 없는 백성"들이 밥 짓고 살았던 흔적, "가슴 뇌로 허리 논으로 마음 벌판" 펼쳐진 "아사녀"의 무덤을 보게 된다. 그 위에 능선(陵線)을 안내하면서, 억천년 천만리를 넘어서 우리의 마음을 불 지르는 꽃이 있다. 그리고 오늘 없지만 어제 있었거나 내일 있을 가능성의 세계를 향해, "전경인"이 꽃 같은 그의 죽음을 기억해 노래 부른다. 우리로선 오늘 죽어 없는 사람을 만난다는 것이 불가능하지만 이들의 죽음을 기억하고 야만 이전의 역사를 추구하는, "온전한 사내"를 뒤따르는 "전경인"들이 있다.

　나는 신동엽의 「진달래 산천」을 처음 읽었을 때 꽃의 '따뜻함'과 무덤의 '섬뜩함'을 느꼈었다. 오늘은 없는 죽은 사람에 관한 '섬뜩한' 정서, 그리고 상생의 삶이 가능할 것이라는 '따뜻한' 정서를 동시에 느꼈던 것이다. 그리고 그 불명확한 정서는 능선을 따라 걸으며 명확해진다. 처음에는 "탄환", "폭약", "지뢰밭" 등이 학살의 역사를 목격했다면, 동시에 "온전한 사내", "그리운 그의 노래"를 이어가려는 상생의 역사를 목격하게 된다. "전경인" 들은 무덤 속 깊이 묻혀 있는 상생의 역사를 기억하기 때문에, 상대방에게는 없는 음식을 제공해 주고 상대방에게 있는 음식을 제공받으며 상호 교환하는 삶을 유지하려고 노력한다. 말 그대로 노력해야 한다. 학살의 역사 역시 중단되지 않았기에, "전경인"들은 서로를 죽이기 위해 싸우지 않고 서로를 살리기 위해 의식적으로 협력해야만 한다.

오랜 氷河期의 어름짱을 뚫고 연연히 목숨 이어 그 거룩한 씨를 몸지녀 오느라고 뱀은 도사리는 긴 짐승 冷血이 좋아져야 했던 것이다.

몇만년 날이 풀리고, 흙을 구경한 爬蟲들은 구석진 한지에서 풀려 나온 털 가진 짐승들을 발견하고 쪽쪽이 역량을 다하여 취식하며 취식 당했다.

어느날, 흙굴 속서 털사람이 털곰과 털숲 업쓸고 있을 때, 그 넘편 골짜기 양지밭에선 긴 긴 물건이 암 사람의 알 몸에 붙어 있었다.
(중략)

내 마음 미치게 불 질러 놓고 슬슬 빠져나간 배반자야. 내 암살 꼬여내어 징그런 짓 배워준 소름칠 이것아. 소름칠 이눔아.

이들 짐승의 이야기에 귀 귀울일 人情은 오늘 없어도, 내일 날 그들의 慾情場 에 능구리는 또아리 틀어
그 몸짓과 衣裳은 꽃구리를 닮아 갈 지이니.

이는 다만 또 다음 氷河期를 남 몰래 예약해둔 뱀과 사람과의 아름다운 인연을 뜻함일 지니라.

— 「正本 文化史 大系」

학살의 역사를 갈아엎고 상생의 '대지'를 회복하려는 의식이 있다면, '정본 문화사 대계'는 다시 쓰일 것이다. 무덤이 천만리 이어진 능선의 형상이, 바로 긴긴 몸으로 움직이는 뱀의 형상과 닮아있다. "뱀과 사람과의 아름다운 인연"은 비유적으로 뱀의 "씨", 남성적 성기와 "암사람"의 "냉혈", 여성적 자궁을 가리킬 것이다. 이는 '능선'의 형상으로 확장하여 이해했을 때, 역사와 사람의 만남이 된다. "원한"의 역사와 "거룩한" 역사의 융합적 공간, 그리고 이들 역사를 융합적으로 의식하며 내일을 기다리는 사람이 만난다면, 무덤과 무덤은 계속 이어져 인류를 공멸로 이끌지 않을 것이다.

아무 책임을 지려하지 않는 이들은 과거와 미래를 멀리 내다보지 못하여, "이들 짐승의 이야기에 귀 기울 인정" 없이 역사를 돌보지 않는다. 하지만 오늘 없어도 내일 있을 생명을 위하여, "전경인"들은 무덤의 역사에 "꽃구리"를 튼다. 역사가 먼저 있고, 비로소 이를 융합적으로 인식할 수 있는 "전경인", "온전한 사내"가 있다. "전경인"은 '대지'에 자리 잡은 사람, 능선을 걸으며 학살과 상생의 역사를 망각하지 않는 사람일 것이다. 보다 정확히, 학살의 역사처럼 "독존"하며 높은 자리를 차지하는 것이 아니라, 반대로 무덤과 무덤 사이의 낮은 자리를 소중히 아는 사람이 단편의 죽음으로 역사를 종결짓지 않고, 연속시킬 것이다. 그리고 이것이 바로 낮은 자리에 있는 사람이 높은 자리에 있는 사람을 갈아엎을 수 있는, 학살의 역사보다 더 강한 상생의 역사를 이어나가는 힘이다.

04 | 책임의 문제

어떤 독자도 교과서에 몇 자 적힌 선험적 정보로 신동엽의 시를 경험적으로 읽을 수 없다. 학교 뒷산을 처음 올랐던 친구처럼, 나는 시집 『아사녀』의 산에 한 개의 무덤도 있을 것이라 예상하지 못했다. 그러나 나는 산의 내부로 걸어 들어가 조각난 파편을 모아가며 학살과 상생의 역사를 거슬러 올랐다. 그리고 거대한 산 무덤 안에서 뼛조각, 전쟁 무기, 밥그릇, 호미 등을 만지며 숨은 역사를 다시 경험했다. 신동엽의 시는 학살에 의해 잃어버린 땅과 삶을 다시 살려내야 한다는, 상생의 역사를 향한 몸부림이었던 것이다.

능선을 계속 뒤따르며 "전경인"들의 노래를 들었다. 그러나 수만 개의 무덤을 거슬러 올라갔는데도, 학살의 역사가 끝나질 않고, 방방곡곡 낙지의 발이 뻗지 않은 곳이 없다. 아프고 절망스럽다.

아니오
미워한 적 없어요,
산 마루
투명한 햇빛 쏟아지는데
차마, 어둔 생각 했을리야.

아니오
괴로한 적 없어요,
陵線 위
바람 같은 음악 흘러 가는데
뉘라, 색동 눈물 밖으로 쏟았을리야.

아니오

사랑한 적 없어요,

세계의

지붕 혼자 바람 마시며

차마, 옷 입은 都市계집 사랑했을리야.

—「아니오」, 전문

하나의 무덤을 지나고, 뒤이어 또 하나, 또 다른 하나를 끝없이 이어진 무덤의 역사를 지나면서, 너무 멀리 들어와 버려 돌아갈 수 없게 됐다. 돌아갈 수 없는 길이니 서두르지 않고 계속 나아간다. 나는 이제 정말 살기 위해 다음 무덤을 찾아 움직인다. 그곳엔 무덤이 있는데, "탄환", "폭약", "지뢰밭" 등이 학살의 역사를 고스란히 보여주고, 또 한편으로 "꽃구리", "그리운 그의 노래", "빛나는 눈동자" 등이 정반대의 삶을 향해 움직이는, "전경인"의 내면을 함축적으로 보여준다. 그런데도 도대체 얼마나 많은 고민을 하면서 나는 어둔 생각과 숱한 유혹을 "부정"해야 하는가.

학살에 익숙한 몇 사람은 홀로 독식하며 군림하겠지. 잠깐 부럽다. "어둔 생각", "색동 눈물", "옷 입은 도시계집"이라니! "능선(陵線)"은 야만족처럼 남의 자리를 빼앗는 방식으로 취할 수 없다. 나의 자리에 쓸쓸히 죽어간 영혼을 불러 모아, 번번이 스며드는 유혹을 부정하면서 아무도 책임지지 않는 역사 현장을 오갈 수밖에 없다. 나는 번번이 스며드는 유혹을 부정하면서, "껍데기는 가라"를 반복하면서, "세속된 표정을 / 개운히 떨어 버린, / 승화(昇華)된 높은 의지(意志)가운데 / 빛나고 있는, 눈"을 뜬다.

빌딩마다 폭우가

몰아쳐 덜컹거리고

너를 알아보는 사람은

당세에 하나도 없었다.

그 아름다운,

빛나는 눈을

나는 아직 잊을 수가 없다.

조용한,

아무것도 말 하지 않는,

다만 사랑하는

생각하는, 그 눈은

그 밤의 주검 거리를

걸어가고 있었다.

—「빛나는 눈동자」, 부분

　　"전경인"은 무덤 밖의 "빌딩"과는 거리가 먼 숨은 역사, "주검 거리"를 걷고 있다. "빌딩"은 상부의 몇몇 야만족이 수많은 사람의 노동을 착취하면서 높이 세워져간다. 반대로 "주검 거리"는 자기 땅을 빼앗겨 맑은 하늘, 알맹이의 역사를 그리워하며 죽어간 영혼이 깃드는 "능선(陵線)"이다. 그래서 "전경인"의 "빛나는 눈동자"는 학살의 역사로부터 절연하여 불가능한 상생을 위해 움직이는 역사를 고민하는, 그리하여 그 고민하는 깊이만큼 "톡 톡 / 투드리면 / 먼 상고(上古)까장 울'(「꽃 대가리」)리는 내면의 소리이다. "전경인"은 눈에 띄지 않는 방식으로 상생의 역사를 노래 부르는 것이다.

　　『아사녀』를 따라 읽다보니, 어느새 산 무덤 안으로 들어왔다. 무덤 밖의 사람은 내가 지금 어떤 상태에 있는지 결코 알아볼 수 없을 것이다. 그들은 내가 무덤 안에서 무엇을 하고 있는지 모른다. 무덤에 주목하지 않는 이들은 일반적으로 학살의 역사를 따르고, 드러나지 않는 소수의 "전경인"들만이 상생의 역사를 따른다. "전경인"들은 화려하게 드러나지 않지만, 대신에 보이지 않는 자리에서 다음 세대를 살려낸다. 겉으로 보기에는 아무 변화 없을 테지만, 나는 학살과 상생의 역사 모두를 목격하면서 현장에 대한 책임을 분명하게 물을 수 있게 되었다. 너무 많이 알아버려서 어떠한 책임도 회피할 수 없다. 직접적으로 "죄 없는 백성"을 학살할 수 있고, 또 누군가는 아무 행동도 하지 않음으로서 착한 사람 콤플렉스에 빠져 간접적으로 학살의 역사에 공모할 수 있다. 따라서 두 역사 그 이상을 알게 된 "전경인"은 역사 현장에 대한 책임을 분명히 밝힐 필요가 있다. 역사 현장에 대해 책임지기 위해, 나는 무덤의 역사를, 사랑하고 고민하며, 빛나는 노래를 부르길 희망한다.

말 없는 그 눈빛

—신동엽의 「시인정신론」 읽기

주 완 식

*

나는 오독(誤讀)을 즐기는 편이다. 그러나 오독은 의도될 수는 없는 것이다. 누구나 자신의 시야의 한계 내에서 오독의 지도를 생산해낼 뿐이다.

*

어떤 텍스트가 쉬 오독의 대상이 된다는 것은 그만큼 해석자의 시야 너머로까지 그것이 뻗어 있다는 말일지도 모른다. 광활한 대지처럼, 언제나 신동엽이라는 텍스트는 깊고도 넓게 펼쳐져 있었다. 또한 하나의 텍스트로 빛나고 있었다. 어둠 속에서 명멸(明滅)하는 빛으로, 고요하게.

*

우리는 안다. 반딧불을 보려 강한 빛을 쪼이는 것은 어리석은 짓임을. 누구도 별을 보기 위해서 별을 향해 인위적인 빛을 쏘지 않는다. 모든 것을 밝히려는 일념으로 대상에게로 달려드는 문명인의 우둔한 습성을 우리는 신동엽 텍스트 앞에서 버려야 할지도 모른다. 빛이라는 은유를 오염시킨

장본인들은 어쩌면 바로 우리 자신이다.

*

조도(照度)를 조금 낮추고 바라본다면, 「시인정신론」은 누군가를 홀려버릴 정도로 아주 매혹적인 텍스트이다. 또한, 누군가의 오독이 받아들여질 만큼 품이 넓은 텍스트다. 한국 현대시사에서 손에 꼽을만한 시론을 들어보라 한다면, 나는 먼저 이 글을 떠올릴 것이다. 이 글이 제시하는 독특한 세계 구조는 우리가 일전에 보지 못한 사유의 폭을 갖고 있다. 그것의 중력은 매우 커서, 신동엽 시 세계 전반이 그리로 빨려 들어갈지도 모른다.

*

신동엽이라는 텍스트는 더욱더 오독되어야 한다. 해석자의 맹목(盲目)에 헐뜯겨야 한다.

*

시인은 서두에서 문명인의 파편화되고 추상화된 사유 방식을 문제 삼고 있다. "도시마다에 우뚝 솟은 사변(思辨)철학의 크고 작은 상아탑에서는 두개골만이 남아 있는 정신기술자들의 반인정적인 창백한 정력에 의하여 말라비틀어진 사유의 형해(形骸)와 피 없는 허구로서의 언어적 체계 건축 작업만이 직업적으로 진행되고 있다." 이것은 이 글 전반에 걸쳐서 제기되는 시인의 주된 문제의식이기도 하다.

*

이렇듯 시인은 "사변철학"을 경멸하고 "피 없는 허구로서의 언어적 체계"로부터 벗어나고자 함에도, 손에 잘 잡히지 않는 관념어들에 의지해 자신의 사유를 전개하고 있다는 혐의로부터 결코 자유로울 수 없다. 그것은 우리에게 어떤 혼란을 야기한다. 그 혼란의 중심에 "정신"이라는 단어가 있다.

*

정신이라는 단어는 시인이 논의의 중심으로 다가가고자 할 때마다 계속해서 언급되는 용어이다. 가령 다음과 같은 구절에서는 어떤가. "정치, 과학, 철학, 예술, 전쟁 등이 인류의 손과 발들이었던 분과들을 우리들은 우리의 정신 속으로 불러들여 하나의 전경인(全耕人)적인 귀수적인 지성으로서 합일시켜야 한다." 시인에게 '정신'은 커다란 의의를 가지며, 이 글에서도 그만큼의 비중을 차지하는 듯 보이지만 그동안 주목되지 못했던 것이다. 아마도 '대지의 시인'에게 썩 어울리지 않는 단어였기 때문일 것이다. '정신'이라는 용어가 시인에게 있어 이질적이거나 혼란을 불러일으키는 어떤 것임은 분명해 보인다.

*

시인에게 '정신'은 중의적으로 사용되고 있다. 시인도 분명히 그것을 두 유형으로 나누어 구분하고 있는데, 그 하나가 바로 "소원(小圓)"으로서의 정신이다. 그것은 "두 치" 앞만을 볼 수 있는 "닭의 정신"처럼 협소한 어떤 것이다. 다른 하나는 "대지에 뿌리박은 대원(大圓)적인 정신"이다. 그것은 우주와도 같이 넓은 것이다. 전자가 부정적으로 사용되는 것이라면 "우주환(宇宙環)의 기점"으로 놓이는 후자의 정신은 긍정적이다.

*

시인에게 정신의 넓이는 중요해 보인다. 정신의 협소함은 "산탄과 같이 공중으로 흩뿌려진 현대의 문명 파편"의 원인이 된다. 시인이 보기에 우주를

덮을 만큼 넓었던 정신의 폭은 이제 "인생에의 구심력"을 잃고 전문적인
부분으로 세분화되어 버린 것이다.

*

신동엽은 이렇듯 정신이라는 용어를 선별하지만, 그렇다고 해서 형이상
학적 개념으로서의 정신을 벗어버리고 있다고 말할 수는 없다. 정신은 그의
시론의 핵심에 놓이며, 여전히 지배적인 개념으로 사용되고 있다.

*

정신이라는 것은 본래 지배적인 것이다. 지배적이지 않다면 그것을 정신
이라 칭할 수 있을까.

*

정신이 물질을 지배해온 사유의 역사는 우리에게 깊이 각인되어 있다.
물질은 늘 정신을 위해 존재하는 것으로 이해된다. 은연중에 우리가 사용하
는 정신이라는 말은 언제나 물질에 대한 우위를 내포하고 있다. 마치 진리에
대한 인간의 막연한 사랑처럼, 우리는 정신에 대해 흠모하고 있는지도 모른
다.

*

신동엽 시인이 강조하고 있는 정신은 "대지에 뿌리박은 대원(大圓)적인
정신"이다. 시인에게 '대지'는 문명화된 사회로부터 벗어나 종국에 돌아가
야 할 공간으로 여겨진다. 그렇다면 그러한 대지와 관계 맺는 '정신'이란
무엇일까. 그것은 대지를 향한 운동이며, 그 추동력이지 않겠는가. 시인에게
대지가 근원으로서의 진리라면 정신은 그 자체로 진리를 향한 운동이 될

것이다. 또한, 그리하여 정신은 진리 그 자체가 되어야 할 것이다. 대지와 합치되는 정신으로서 말이다. 헤겔에게 정신은 모든 생명의 원리였다. 정신의 운동이라 함은 결국 그 자신에게로의 귀환인 것이다.

*

그러나 시인에게 진리란 "절대자적 이름 아래 강요되는" 것이고, 문명사회를 지탱하는 근거다. 그것은 문명인으로서 우리에게 주어진 질병과도 같은 것이다. "세계 자체"를 자처하는 모든 조형적 사유들은 그저 "썩은 고목" 위에 피어난 "버섯"에 불과한 것이다. 대지에 비하면 그것은 "잡다한 벌레들의 코러스"에 지나지 않는다. 시인이 "소원(小圓)"이라고 칭한 정신은 바로 그것에 기여한다. 대지는 그러한 진리에 부합하기 위해 존재하는 것이 아니며, 또한 시인이 강조하는 "대원(大圓)적인 정신" 또한 마찬가지일 것이다.

*

그렇다면 시인이 내세우고자 하는 정신은 무엇일까. 그것은 단지 대지에 합당한, 그리하여 대지의 파생물에 불과한 것일까. 아니면 대지와 변별되면서도 대지의 속성을 지닌 것일까. 그러나 그 모든 경우라 하더라도 정신이 물질로부터 벗어나는 운동에 놓인다는 것은 정신 그 자체의 속성으로서 필연적이다. 정신은 물질과 분리될 뿐만 아니라 그 자체로 초월적인 성질을 가진다. 그럼에도 그 정신이 대지에 '뿌리박혀' 있다면, 그것은 더 이상 정신이 아니지 않겠는가.

*

이러한 나의 의문에 하이데거의 사유는 얼마간의 힌트를 준다. 하이데거는 『언어로의 도상에서』(마르틴 하이데거, 신상희 역, 나남, 2012. 이하 쪽수가 병기된 인용은 모두 이 책의 것을 가리킨다.)에서 트라클의 시를 분석하면서 새로운 정신 개념을 밝혀낸다. 그는 ‘정신(Geist)’과 ‘정신적인 것’을 구분하면서, 형이상학적이고 존재신론(Ontotheologie)적인 개념으로 이해되는 ‘정신적인 것(geistig)’을 거부하고 대신에 ‘성스럽다(geistlich)’를 정신의 순수성으로 받아들이고 있다. ‘geistlich’는 목회자의 성스러운 직분을 뜻하지만, 그는 그것을 비기독교적 의미에서 정신의 본질로 받아들이고 있는 것이다. 물질적인 것에 대립하는 ‘정신적인 것’과 달리 ‘성스러운 것’은 하이데거적 의미의 ‘존재’를 가리켜 보일 수 있는 정신이다. 그것은 ‘존재’를 망각해버린 우리에게 ‘존재’로 향한 길을 밝혀준다.

*

운동이 방향성을 가진다 할 때, 신동엽 사유가 지닌 운동의 방향은 상승이 아닌 하강이며, 나아감이 아니라 되돌아감이다. 우리가 되돌아가야 할 곳은 바로 대지이다. “문명인은 대지를 이탈하였다. 그들은 고향을 버리고 차수성(次數性)세계 속의 문명수(文明樹) 나뭇가지 위에 기어올라”가 버렸다. 우리는 문명 속에서 대지를 잃어버린 것이다. 대지를 이탈한 차수성 세계의 문명인이 ‘정신적인 것’에 빠져든다면, 이 차수성 세계를 벗어나 귀수성(歸數性) 세계로 나아갈 수 있는 이들이 체득할 정신은 ‘성스러운 것’이다. “정신적인 것은 존재를 상실한 종족의 세계관에 속한다.”(84쪽) 반면에 “정신의 종족에 의해 존재하는 것은 ‘성스러운 것’이라고 불린다.”(93쪽)

*

시인이 말하는 전경인(全耕人)은 바로 “귀수성 세계 속의 인간”이다. 그러나 귀수성 세계에 이미 놓여 있고, 그렇게 놓여 있을 때만이 전경인일 수 있는 것이 아니라, "온건한 대지에의 향수적 귀의, 이러한 실천생활의 통일을 조화적으로 이루"어 나가는 과정 속에 놓여 있는 존재이다. 달리 말해 전경인은 차수성 세계로부터 벗어나 귀수성 세계를 그려낼 수 있는 정신, '성스러운 것'으로서의 정신을 체득하여 귀수성 세계를 향해 나아가는 존재라고 할 수 있다.

*

그러나 우리는 결코 전경인이 걸어 갈 궤적을 그려 보일 수 없을 것이다. 우리 모두가 차수성의 영역에 얽매여 있는 까닭이다. 이 문명의 언어로 떠벌리느니 오히려 침묵하는 것이 그곳에 더욱 가 닿는 일일 것이다.

*

시인은 귀수성을 하나의 세계로 규정하고 있는 듯 보이지만 귀수성은 과연 하나의 공간을 점유하는 세계로서의 지위를 가질 수 있을까. 나는 그것이 우리 관념으로 상정할 수 있는 세계가 아닐 뿐 아니라 결코 완결될 수 있는 세계 또한 아니라고 생각한다. 귀수성은 과정을 통해서 드러나지 결과를 통해 드러나는 세계가 아니다. 그것은 끊임없이 변화하고 변화해야만 하는 객토의 세계이다. 그것에 도착 지점이 존재할 리 만무하다. 귀수성은 끊임없이 이어질 운동 그 자체이다. 이것은 선형적이고 목적론적인 운동이 아니라 회귀적이고 순환론적인 운동이다. 어쩌면 이 귀수성 세계의 전경인이 우리에게 그려 보일 궤적이란 세계에 대한 이원론, 즉 원수성(原數性)과 차수성의 세계를 벗어나는 어떤 것일지도 모른다.

*

귀수성은 원수성의 대지로 돌아가는 것이지만 귀수성의 회귀는 결코 원수성 세계에 그대로 포개지지 않을 것이다. 시인이 귀수성과 겹쳐 놓고자 하는 "원수성 세계 속의 체험"이란 원수성 세계에 대한 기억이다. 원수성 세계는 일종의 기억의 공간이다. 그리고 필연적으로 상상의 공간이다. 기억이 가 닿지 않는 곳은 상상으로 채워진다. 누구에게나 원수성 세계의 기억은 파편적으로나마 존재한다. 인간 기억의 조각들을 하나씩 이어붙이면 언젠가 그곳에 가 닿을지도 모를 일이다. 그러나 우리가 잃어버렸던 것은 그 기억이 아니라 그 기억의 무늬를 맞춰 볼 우리의 대지이다. 귀수성은 원수성의 기억에 정합성으로 놓이는 것이 아니라, 그 정신을 잃어버린 대지 위에 펼쳐놓는 과정이다. 이 과정 자체가 이미 귀수성 세계로의 열림인 것이다.

*

　귀수성 세계의 크기는 원수성 세계를 덮고도 남을 것이다. 누구도 그 폭과 그 끝을 모를 것이다.

*

　그러나 차수성 세계에 익숙한 우리가 이 귀수성 세계를 감당할 수 있을까. 결코 쉽지 않을 것이다. 그것은 상상할 수 없을 정도의 고통과 허무, 불안과 권태의 시간일지도 모른다.

*

　전경인 정신은 그럼에도 우리에게 끊임없이 요청될 것이다. 그것은 결코 거부될 수 없는 것이다. 우리가 전경인의 시선으로부터 벗어날 방법은 없다.

*

　하이데거에게 "정신은 불꽃이다. 불꽃은 작열하면서 빛난다. 빛남은 바라

봄의 시선 속에서 일어난다.”(87쪽) 신동엽의 정신 또한 마찬가지이다. 신동엽 시에서 수없이 드러나는 눈빛과 눈동자들을 우리는 기억할 수 있다.

山頂을 걸어가고 있는 사람의,

정신의

눈

깊게, 높게

땅속서 스며나온 듯한

말 없는 그 눈빛

—『금강』, 부분

이슬비 오는 날,

낯선 소년이 나를 붙들고 동대문을 물었다.

그 소년의 죄 없이 크고 맑기만 한 눈동자엔 밤이 내리고

노동으로 지친 나의 가슴에선 도시락 보자기가

비에 젖고 있었다.

—「종로 5가」, 부분

　소년의 눈동자는 어둠 속에서 빛나고 있는 이름 없는 존재의 눈빛이었다. 시인이 소년을 보았을 때, 시인은 결코 사라지지 않을 고요한 대지의 눈빛을 소년으로부터 전해 받은 것이다. 그 빛나는 정신은 시인 내면에서 불꽃으로 타오를 것이다. 그것이 귀수성을 향한 전경인의 요청이 아니라면 무엇이겠는가. 그것은 거부될 틈조차 주지 않고 나에게로 너에게로 우리에게 번진다.

*

그러나 불꽃으로서의 정신은 자기 존재 자체를 태워버리는 것이기도 하다. "타오르는 불꽃은 자기를 벗어나 환히 비추면서도 계속 집어삼켜 모든 것을 하얀 재 속으로 먹어 삼키는 탈자적인 것이다."(84-85쪽) 정신은 불꽃이 되어 앞길을 환히 비추지만 스스로는 재가 되어 사라져 버린다.

*

전경인 정신은 차수성 세계에 놓인 자신을 소멸의 길로 이끄는 것이며, 그리하여 몰락의 길을 홀로 걷는 것이다.

*

우리는 어쩌면 차수성 세계의 보호막 안에서 평온할지도 모른다. 온전히 개별화된 존재로서 '나'라는 이름을 부여잡고서 살아가는 편이 더 좋을지도 모른다. 과연 당신은 귀수성 세계로 갈 자신이 있는가. 그곳에서 당신은 사라져버릴지도 모른다. 그곳으로 가는 과정에서 당신은 당신의 이름을 잃어버리고, 육체의 고통과 함께 모든 사유의 정합성이 무너지는 경험을 할지도 모른다.

*

신동엽 시인이 민중 개념에 위배되는 것일지도 모를 전경인이라는 인간형을 우리에게 제시했을 때, 그것은 바로 이 귀수성 세계 앞에서 느낄 인간의 두려운 감정을 염두에 둔 것이다. "사실 전경인적으로 생활을 영위하고 전경인적으로 세계를 인식하려는 전경인이란 우리 세기에서 찾아볼 수가 없다. 우리들은 백만 인을 주워 모아야 한 사람의 전경인적으로 세계를 표현하며 전경인적인 실천 생활을 대지와 태양 아래서 버젓이 영위하는 전경인"을 마주칠 수 있는 것이다. 전경인은 인간을 넘어서는 인간이다. 문명의 보호로부터 벗어나 귀수성의 세계로 갈 수 있는 이 전경인만이 귀수성 세계가 불러일으킬지도 모를 고통과 불안을 감내하면서 그것을 긍정적인 힘으로 전화시킬 수 있는 것이다. "암흑, 절망, 심연을 외치고 있는 현대의 인류는 전경인 정신의 체득에 의해서만 비로소 구원받을 수 있을 것이다."

*

우리들의 불안, 공포, 부조리, 광기 등은 바로 차수성 세계, 즉 문명 세계에서만 존재하는 감정이다. 그것은 "나무 끝 최첨단에 기어오른 뜨물들의 숙명적 심정"인 것이다. 그것은 문명 바깥에 대해 느끼는 문명 내부에서의 감정, 즉 귀수성 세계에 대한 문명인의 감정인 것이다. 그러나 차수성 세계를 벗어나 귀수성 세계에 도달하는 순간 그러한 감정은 모두 사라져버릴 것이다. 오직 "고요한 평온"(93쪽)만이 있을 것이다.

*

전경인 정신이 가 닿는 소멸과 몰락은 죽음의 길이라고 할 수도 있지만, 그것은 결코 죽음이라고 할 수는 없는 것이다. 그것은 새로운 세계로 나아가는 것, 새로운 삶을 꾸려나가는 것이기 때문이다.

*

"껍데기는 가라"고 했던 신동엽의 사유가 가 닿으려던 "알맹이"는 무엇일까. 그것은 아마도 우리가 짐작조차도 할 수 없는 것일 테다. 우리는 여전히 껍데기 안쪽에 놓여 있고 껍데기로 둘러싸여져 있다. 그 껍데기를 벗어던졌을 때, 우리는 그 순간을 조금도 버티지 못할지도 모른다. 그러나 "껍데기는 가라'고 당당히 외칠 수 있는, 그리하여 껍데기가 사라진 세계를 온몸으로 맞을 수 있는 존재가 바로 전경인인 것이다.

*

정신은 세상을 비추는 불꽃이면서 또한 고통과 잿더미를 수반한다. "정신은 부드러운 것과 파괴적인 것의 가능성 속에서 현성한다. 부드러운 것은 자기를 벗어나 타오르는 것의 탈자적인 것을 결코 누그러뜨리지 않고, 오히려 그것을 자비로운 것의 평온 속으로 모아들인다."(85쪽) 정신은 스스로 파괴되면서 또한 파괴시키는 힘이다. 정신의 탈자적인 성격은 자기희생의 의미를 넘어 자신이 놓인 공간을 태워 새로운 세계를 여는 것이기도 하다. 이것은 차수성 세계에 놓인 나와 세계에 불을 질러 재로 만들고, 그것을 귀수성 세계를 위한 "거름으로 썩히"는 일이다. 그리하여 "백화만곡의 흐드러지게 쏟아져 썩는 자리에서 유구하고 찬란한 내일의 꽃"을 피우는 일이다.

*

전경인 정신은 귀수성 세계를 향한 "종합적 인식"이지만, 그 종합은 파괴를 통해 얻어지는 것이다. "차수성 세계가 건축해 놓은 기성관념을 철저히 파괴하는 정신혁명을 수행해 놓지 않고서는 그의 이야기와 그의 정신이 대지 위에 깊숙이 기록될 순 없을 것이다." 종합을 위해서는 먼저 파괴가 선행해야 한다. 하이데거적 의미의 파괴(destruktion)는 서구 형이상학에 대한 해체(déconstruction)에 다름 아니다. 신동엽 시인이 요청하는 전경인 정신의 실천 또한 대지를 벗어난 문명 세계의 조형적 문화와 조형적 언어를 해체하는 것이다. 다시 말해, 전경인 정신은 융합에만 있지 않고 해체에도 있는 것이다.

*

　전경인은 대지를 사랑하는 자이다. 대지 너머를 사랑하지 말고, 대지를 사랑하라. 그리하여 대지 그 자체를 긍정하라. 이것이 바로 전경인의 명령이다. 대지를 사랑하는 자만이 전경인이 될 수 있다. 대지 너머의, 인간 너머의 무언가를 사랑하지 마라. 대지 너머를 사랑하는 자는 대지를 결코 사랑하지 못할 것이다.

*

　이렇듯 신동엽 시인이 지닌 현실 부정 의식은 이상화된 현실, 껍데기로 감싸버린 현실을 겨냥한다. 그가 돌아가려는 것은 현실 너머가 아니라, 진짜 현실이다. 그 현실이라는 것은 어떤 가치론적인 세계가 아니라 끊임없이 변화하고 생성하는 세계, 그 자체에 대한 긍정이다. 거기에 생명이 있고, 삶이 있고, 인간이 있는 것이다. 그리고 그 과정에서 진정한 시는 발견될 것이다. "시란 우리 인식의 전부이며 세계 인식의 통일적 표현이며 생명의 침투며 생명의 파괴며 생명의 조직인 것이다."

*

　시인은 대지 너머로 솟은 수많은 탑들을 바라본다. 그에게 "문명탑"은 "기생탑"에 불과해 보인다. 시인은 "신비탑"을 세운 종교와 "상아탑"을 세운 철학을 해체하고, 해체된 그 자리에 시를 놓고자 한다. "나는 생각한다. 시는 궁극에 가서 종교가 될 것이라고. 철학, 종교, 시는 궁극에 가서 하나가 되어 있을 것이다." 시는 해체된 종교와 해체된 철학을 하나의 대지, 하나의 몸, 하나의 생명으로 구현할 것이다. 그리하여 대지라는 신을 섬기는 하나의 종교가 되어 세계를 떠받칠 것이다. 우리 삶과 유리된 채 허공에 솟아오른 종교가 아닌 우리들 혈관 속에 자양분으로 흐르는 종교로서 말이다.

*

보이지 않지만, 힐끗 보이는 것. 우리에게 잠시 일별(一瞥) 되는 것. 그것이 불일지 꽃일지, 불꽃일지 모를 찰나의 것. 이미 우리는 그것 안에 있다.

*

광활한 대지 위로 희미한 빛이 하나 어른거린다.

제2부

신동엽 시「종로5가(鍾路五街)」의 배경학

김응교

신동엽 시가 담고 있는 주제는 좁지 않다. 아름다운 풍경을 그린 서정시도 있으며, 남녀 간의 사랑을 그린 애정시도 있으며, 분단된 조국을 아프게 그린 현실적인 시도 있다. 이중에 사회적인 주제를 담은 그의 시는 거칠지만 두 가지로 나누어 볼 수 있겠다.

첫째는, '극소적(極所的)인 소재'를 통해 현실의 전체상(全體像)과 동일시하는 오해를 극복하기 위해 전형적(典型的)인 소재를 선택한 서사시 혹은 장시이다. 둘째는, 현실 구조의 본질적인 모순을 인식하여 그것을 상징적으로 지적한 상징시로서 나눌 수 있겠다. 전자처럼 전형적인 인물과 전형적인 장소를 담고 현실의 모습을 담아낸 대표적인 시로는 「종로 5가(鍾路五街)」가 있다.

이슬비 오는 날.
종로 5가 서시오판 옆에서
낯선 少年이 나를 붙들고 東大門을 물었다.

밤 열한시 반,
통금에 쫓기는 群像 속에서 죄 없이
크고 맑기만 한 그 소년의 눈동자와
내 도시락 보자기가 비에 젖고 있었다.

국민학교를 갓 나왔을까.
새로 사 신은 운동환 벗어 품고
그 소년의 등허리선 먼 길 떠나 온 고구마가
흙묻은 얼굴들을 맞부비며 저희끼리 비에 젖고 있었다.

충청북도 보은 俗離山, 아니면
전라남도 해남땅 漁村 말씨였을까.
나는 가로수 하나를 걷다 되돌아섰다.
그러나 노동자의 홍수 속에 묻혀 그 소년은 보이지 않았다.

그렇지.
눈녹이 바람이 부는 질척질척한 겨울날.
宗廟 담을 끼고 돌다가 나는 보았어.

그의 누나였을까.

부은 한쪽 눈의 娼女가 양지쪽 기대 앉아

속내의 바람으로, 때 묻은 긴 편지 읽고 있었지.

그리고 언젠가 보았지.

세종로 고층건물 공사장,

자갈지게 등짐하던 勞動者 하나이

허리를 다쳐 쓰러져 있었지.

그 소년의 아버지였을까.

半島의 하늘 높이서 太陽이 쏟아지고,

싸늘한 땀방울 뿜어 낸 이마엔 세 줄기 강물,

대륙의 섬나라의

그리고 또 오늘 저 새로운 銀行國의

물결이 딩굴고 있었다.

남은 것이 없었다.

나날이 허물어져 가는 그나마 토방 한 칸.

봄이면 쑥, 여름이면 나무뿌리, 가을이면 타작마당을 휩쓰는 빈 바람.

변한 것은 없었다.

李朝 오백 년은 끝나지 않았다.

옛날 같으면 北間島라도 갔지.

기껏해야 뻐스길 삼백리 서울로 왔지.

고층건물 침대 속 누워 肥料廣告만 뿌리는 그머리 마을,

또 무슨 넉살 꾸미기 위해 짓는지도 모를 빌딩 공사장,

도시락 차고 왔지.

이슬비 오는 날,

낯선 소년이 나를 붙들고 東大門을 물었다.

그 소년의 죄없이 크고 맑기만한 눈동자엔 밤이 내리고

노동으로 지친 나의 가슴에선 도시락 보자기가

비에 젖고 있었다.

—「鍾路五街」, 전문(『東西春秋』, 1967. 6)

이 시는, 국민학교를 갓 나온 듯한 소년이 종로5가에 서서 비에 젖어
있는 화자(話者)에게 동대문이 어디인가 묻는 질문에서 시작한다. 이 소년은
"봄이 가고 여름이 오면 부황 든 보리죽 툇마루 아래 빈 토끼집"에 "머리
쥐어뜯으며 쓰러져 있는"(「주린 땅의 지도원리」) 어린 동생일 수도 있고,
"눈이 오는 날" "쓰레기 통을 뒤"지다 미군의 총에 맞아 죽은 어린 소년일
수도 있다. 중요한 것은 이 소년에게 "맑고 큰" 눈동자가 있고, 시인은
이 소년을 빌어 모순된 사회를 딛고 대두하는 민중 세력의 씨앗을 제시하고
있다는 사실이다.

종로 5가의 지형학

「종로5가」에는 소년과 더불어 두 사람이 더 등장한다. 소년의 아버지일지
모르는 허리 다쳐 쓰러진 노동자, 소년의 누이일지 모를 부은 한쪽 눈의
창부(娼婦)가 등장한다.

그렇지.

눈녹이 바람이 부는 질척질척한 겨울날.

宗廟 담을 끼고 돌다가 나는 보았어.

그의 누나였을까.

부은 한쪽 눈의 娼女가 양지쪽 기대 앉아

속내의 바람으로, 때 묻은 긴 편지 읽고 있었지.

"종묘 담을 끼고 돌다가" 화자는 "부은 한쪽 눈의 창녀"를 본다.

왜 한쪽 눈이 부은 창녀일까. 잠을 못 잤다면 양쪽 눈이 부었을 텐데, 한쪽 눈이 부었다면 눈병이 걸렸거나, 아니면 한쪽 눈 부분을 누군가에게 폭행당했기 때문일 것이다. 그런데 이 창녀는 왜 "종묘 담" 근처에 있을까.

이 시가 발표되던 1967년의 종묘 앞(사진)에는 2,000채가 넘는 판잣집과 사창가가 뒤섞여 슬럼을 이루고 있었다. 종묘와 사창가. 전혀 어울리지 않는 조합이지만 외람스럽게도 한국전쟁 이후 20년 동안 종묘 앞에는 '종삼(鍾三)'이라는 이름의 세계 최대 규모의 집창촌이 기생하고 있었다.

1966년 그때로 되돌아가 보면 종묘 앞에서 대한극장에 이르는 너비 50m, 길이 1㎞에 무려 4만 9,586㎡(약 1만 5,000평)의 공지에 2,200여 동의 무허가 판잣집과 집창촌이 자리잡고 있었다. 판잣집이라기보다 천막집이라는 표현이 더 맞을지도 모른다. 세운상가가 들어선 바로 그 자리다.

1968년 '종삼'을 정리하려는 '나비 작전'이 펼쳐졌을 때 '종삼'의 범위는 종로3가와 4가, 단성사 뒷골목, 종묘 앞 일대를 중심으로 낙원동, 봉익동, 훈정동, 와룡동, 묘동, 권농동, 원남동은 물론이고 길 건너 남쪽의 관수동, 장사동, 예지동까지 암세포처럼 퍼져 있었다.

1950년 초 종묘 앞에 국회의사당을 짓는 계획이 문화재관리국의 반대로 무산되면서 어떤 식으로든 정리가 불가피한 상황이었다. 문화재관리국이 조선왕조의 정신적 고향인 종묘 앞에 국회의사당을 지을 수 없다고 주장하자 전주 이씨 양녕대군파인 이승만 대통령이 이를 수용해 남산 조선신궁 자리에 건립하도록 지시했던 것이다.

당시 서울시가 현재의 낙원상가부터 종로5가까지 조사해 보니 윤락여성 1,368명, 포주 11명, 바람잡이 170명에 이르렀다고 한다. 낙원동 등 고급 한옥 지구, 종묘 앞 등 하급 무허가 건물 지대, 최하급 종묘 건너편 소개도로터 등 3등급으로 분류됐다. 이 지역을 현장 답사하던 김현옥 시장과 중구청장 일행에게 윤락여성이 접근해 유객 행위를 했다는 웃지 못 할 에피소드도 있다.

영화 《영자의 전성시대》에서 버스 차장을 하다 팔이 잘려 몸을 팔게 된 영자가 몸을 파는 곳이 바로 '종삼'의 골목이다. 아직도 주변 골목에 그 흔적이 일부 남아 있다.

바로 이러한 시기에 신동엽은 시에 노동자, 이농 소년, 창녀라는 전형적인 세 인물을 등장시켜, 1950~1960년대의 사회문제로서 중요하게 지적되어 온 도시빈민 문제를 담아내고 있다. 그런데 단지 거리를 방랑하는 가난한 자들의 묘사와 그들에 대한 연민만으로 리얼리즘이 가진 진실성의 높이에 도달하기는 어렵다. 이때 현실에 대한 열정 이상으로 시인이 시에 쏟아 붓는 시 언어에의 열성은 중요하다.

일본어 번역시의 문제

이제 이 시가 일본어로 어떻게 번역되었는가를 살펴보기로 하자. 여기서 인용하는 일본어 역은 강순(姜舜)의 역1을 기본으로 하여 인용한다.

'종삼(종로3가)'으로 불렸던 종묘(宗廟) 집장촌(集娼村), 1967경

먼저 제1연 "이슬비 오는 날 / 종로 5가 서시오판 옆에서 / 낯선 少年이 나를 붙들고 東大門을 물었다"로 되어 있다. 이 구절은 시가 시작되는 첫 풍경을 암시하는 부분이다. 이 부분에 대한 강순의 번역을 보도록 하자.

霧雨の降る日

鍾路五街　西市五班の横で

見慣れない少年が私をつかまえて東大門へ行くみちを聞いた。

1연의 번역에는 몇 가지 문제가 있다. 첫째, 오역(誤譯)의 문제이다. 1행에는 문제가 없다. 그러나 2행의 원문을 보면 "서시오판 옆에서"라고 하는

• • •

1. 申東曄詩集, 姜舜 역, 『脫殼は立ち去れ』, 梨花書房, 1979. 7, 131~135면.

구절이 있다. 이 부분을 강순은 "西市五班の横で"라고 번역하고 있지만, 무슨 의미인지 이해하기 어렵다. 서시(西市)의 5반(五班)이라는 주소가 있지 않은지 생각하게 한다. 사실 "서시오판"이라고 하는 표현에서, '서시오'의 의미는 '停まれ'이고, '판'의 의미는 '板'이기 때문에, 결국 "서시오판"이란, '서시오라고 쓰여 있는 간판[停まれと書かれた看板]' 곧 버스 정류장 간판을 의미하는 것이다.

사실, 이 시에 등장하는 세 사람 즉 소년·노동자·창녀가 '종로5가'에서 만났다는 것도 무척 중요한 의미를 지닌다. 1960년대 종로5가란, ① 청계천과 동대문 지역을 중심으로 한 미싱노동자와 ② 무교동이나 종로 2, 3가 뒷골목을 중심으로 술집, 그리고 ③ 마장동이나 의정부 쪽에서 오는 시외버스 정류장 지역이 겹쳐 있는, 이른바 1960년대 한국자본주의의 쇼케이스와 같은 상징적인 장소인 것이다. 소년이 바로 그 상징적인 장소의 버스정류장 옆에 서 있는 것이다. 이렇게 '버스 정류장'은 단순한 배경이 아니라, 1960년대의 이농 현상을 상징적으로 담아내는 단어인 것이다. 그런데, "서시오반(西市五班)"라고 오역되어 있기에 독자는 그것이 무엇을 의미하는지 모를 뿐이다. 시의 중요한 배경이 되는 언어가 사라져버린 것이다.

둘째, 시의 리듬과 시어가 지닌 응축성(凝縮性)이 번역 과정에서 용해되어 산문적인 리듬과 산문적인 표현으로 변했다. 원문에서 "낯선 少年이 나를 붙들고 東大門을 물었다"라고 하는 표현은 "見慣れない少年が私をつかまえて東大門へ行くみちを聞いた"라고 번역되어 있다. 여기서 "東大門을 물었다"는 "東大門を聞いた"라고 번역해도 문제가 없을 터인데도 불구하고 "東大門へ行くみちを聞いた"라고 번역해서 시의 처음 부분이 보다 산문적으로 풀어져버린 것이 아닌가 여겨진다. 따라서 보다 좋은 번역은,

霧雨の降る日

鍾路五街バスストップの横で

見知らぬ少年が私をつかまえて東大門を聞いた。

　라고 번역해야 한다고 생각한다. 아울러, “見慣れない少年”보다 “見知らぬ少年”라고 쓰는 것은 시의 리듬을 위해서는 보다 좋다고 생각한다. 이것 이외에도 8연에서 세세한 부분을 고쳤다. 첫째, 마지막 연에 “도시락 보자기가 비에 젖고 있었다”의 부분도 “辯當箱が雨にぬれていた”라고 번역했지만, “辯當箱”가 아니라, “辯當の包み” 혹은 “辯當袋”이다. 그냥 도시락 곽이라고 번역했을 때, 독자는 “보자기”라는 단어가 주는, 보다 토속적인 울림을 느끼지 못하게 되지는 않을까. 이와 같은 점을 수정하여, 다시 신동엽의 「종로5가」를 일본어 역으로 소개해 본다.

霧雨の降る日

鍾路五街バスストップの横で

見知らぬ少年が私をつかまえて東大門を聞いた。

夜の十一時半、

通行禁止*に追われる群像の中で　罪もなく

大きな限りなく澄んだその少年の瞳と

私の辯當の包みが雨に濡れていた

國民學校を出たばかりだろうか。

あたらしく買って履いた運動靴は脱いで懐にし

その少年の背中からは遠く旅立ってきたサツマ芋が

土まみれの顔をもみ合いながら雨に濡れていた。

忠清北道の報恩の俗離山、でなければ

全羅南道の海南の地の、漁村の訛りだったろうか。

私は一本の街路樹まで歩き振り返った。

しかし勞働者たちの洪水の中に埋もれてその少年はみえなかった。

そうだった。

雪解けの風が吹き、じめじめした冬の日、

宗廟の塀に沿って曲がってから私はみた。

かれの姉であったろうか。

はれた片目の娼婦が日向にもたれて

肌着のまま垢じみた長い手紙を讀んでいた。

そしてまた　何時か私はみたのだ。

世宗路　ビル建築の工事場、

砂利を擔いでいた勞働者の一人が

腰を怪我して倒れていた。

その少年の親父だったろうか。

半島の空たかくから太陽が降りそそぎ、

冷とした汗の玉を吹き出した額には三本の川水。

大陸の島の國の、

そしてまた　今日のあの新しい銀行國の

波がうねっていた。

残されたものはなかった。

日々に壊れゆく　そのうえ土間が一間。

春には蓬、夏には木の根、秋には打穀の庭をかっ浚う空っ風。

變ったところはなかった

李朝五百年は終っていなかった。

昔だったら北間島へも行けた。

バスでせいぜい三十里の道のりのソウルへきた。

高層ビルの寝臺に寝そべって肥料の廣告を撒くだけで事すむ蛭の村、

また厚かましさを見せつけるために建てるのかも知れないビルの工事場

へ、

辯當をぶら下げてきたものだ。

霧雨の降る日、

見知らぬ少年が私をつかまえて東大門をきいた。

その少年の罪のない大きな限りなく澄んだ瞳には夜が降り

勞働に疲れ果てた私の胸では辯當袋が

雨に濡れていた。

—「鍾路五街」, 全文(* 通禁: 夜間通行禁止の時間)

　이 글에서 「종로5가」에 대한 일본어 역 시를 보고, 오역, 지나친 의역(意譯), 설명적인 문장에 의해 보다 산문적으로 변한 것 등을 검토했다. 결론적으로 신동엽 선집을 번역한 강순 선생의 번역은, 지적한 몇 줄을 제외한다면 원작에 충실한 번역이며, 한마디 한마디 일탈에 주의하고 있는 번역이다.

그러나 앞서 지적했듯이 "서시오판" 같은 핵심적인 단어를 잘못 번역할
때, 중요한 배경을 상징하는 단어 혹은 시 전체의 의미가 흔들릴 수 있음을
살펴보았다.

소년을 찾아서

소년이 갖고 있는 도시락에는 "먼 길 떠나 온 고구마가 / 흙묻은 얼굴들을
맞부비며 저희끼리 비에 젖고 있었다[遠く 旅立ってきたサツマ芋が / 土まみれの
顔をもみ合いながら雨に濡れていた]."(3연)이 표현에는 당시 이농 현상이 도시
빈민을 형성하고 있는 풍경이 상징적으로 재현되고 있다. 여기서 그는 부자
연스러운 이미지나 비유의 사용을 억제하면서 산문적인 리듬을 사용하고
있다. 이 시는 구체적인 사회적 규정을 많이 제시하고, 아울러 등장인물의
개별적이며 동시에 전형적인 특성을 잘 표현하고 있다. 이 서정시는 서사적
인 객관성을 토대로 하여, 운문성(韻文性)이 갖고 있는 약점을 극복하고,
현실 세계를 정확하게 반영하는 미를 갖고 있는 것이다. 그런데 여기서
이 소년은 누구일까. 소년은 단지 한쪽 눈이 부은 창녀를 등장시키기 위한
보조적 인물에 불과할까. 마지막 연을 읽어 보자.

이슬비 오는 날,
낯선 소년이 나를 붙들고 東大門을 물었다.
그 소년의 죄없이 크고 맑기만한 눈동자엔 밤이 내리고
노동으로 지친 나의 가슴에선 도시락 보자기가
비에 젖고 있었다.

화자를 붙들고 동대문을 묻고 있는 이 낯선 소년, 시골에서 서울로 올라

온 이 소년은 1970년대를 열어가는 새로운 노동계층의 등장을 말할 것이다. 1960년대 말 청계천 평화시장에서는 14살부터 아직 스물이 안 된 청소년들이 닭장처럼 좁은 공간에서 천 먼지를 마시며 미싱 시다를 하고 있었다. 삼백여 명의 아이들이 몇 시간에 십여 분 주어지는 한 번의 휴식 시간에 두어 칸밖에 없는 화장실에 뛰어가 오줌 누기를 기다리다가, 다시 종이 치면 미쳐 소변을 보지 못하고, 미싱 시다를 하다가 바지에 오줌을 싸고,

그 오줌이 피부병을 일으키고 습진으로 고생하며 살아야 했던 시대였다. 빗물이 아니라 자기 오줌에 젖은 채 미싱을 돌려야 했던 소년들이 이 시대에 있었다.

신동엽이 알았을 리 없지만 우리는 전태일(1948~1970) 같은 인물을 떠올리게 된다. 이 시가 발표되었을 때 전태일은 19살의 청년이었다. 청계천 평화시장에서 시다와 제봉사로 일하면서 '바보회'를 만들어 억압된 노동환경을 개선하고자 했던 청소년이었다. 자기 돈 30원으로 풀빵 열댓 개를 사서 소년들에게 나누어주고 자기는 쌍문동 판자집까지 뛰어가곤 했던 전태일의 모습이 나는 이 시를 읽을 때마다 아스라이 겹쳐지곤 한다. "먼 길 떠나 온 고구마가 / 흙묻은 얼굴들을 맞부비며 저희끼리 비에 젖고 있었다"는 이 표현은 바로 이러한 소년들의 상징일 것이다.

신동엽은 시대의 모순을 바르게 보고 그 원인을 작품에 담아낸 진보적인 시인이다. 아울러 그는 당시의 문학적인 과정을 정확히 인식했고, 그 내용에 맞는 적절한 장르를 선택했던 1960년대의 실험적이고 신중한 중요한 시인이다. 일본뿐만 아니라, 다른 나라에서도 창녀와 노동자와 소년을 통해 당대 한국 사회의 문제와 미래를 목도했던 신동엽에 대한 더욱 깊은 소개와 연구가 이어지기를 기대해 본다.

신동엽, 꿈꾸다

홍승희

오래전 '나의 살던 고향은 복숭아꽃, 살구꽃, 아기 진달래'가 피는 곳으로 표현되었다. 우리나라 전역에 걸쳐 도시화가 진행된 현재에도 20년이 넘은 장수 프로그램 《6시 내 고향》은 시골 어딘가의 모습을 방영한다. 빌딩 숲으로 이루어진, 아파트가 빽빽하게 둘러싸인 곳에 사는 수많은 도시인들에게 여전히 고향은 꽃이 만발한 그곳인 셈이다. 우리나라 어디에서나 쉽게 볼 수 있는 진달래는 현재의 내가 살고 있는 곳이 아닌 어딘가 다른 곳, 있음직한 '고향'을 그리는 소재로 사용되고 있다. 진달래의 그 붉은 빛은 또한 '사랑'을 이야기하는 소재로도 읊어졌다. 김소월의 대표적인 작품 「진달래꽃」을 상기했을 때뿐만 아니라, 제목 그대로 봄이 오면 꽃만 말고 이 마음도 함께 따 가 달라며 흥얼거리게 되는 〈봄이 오면〉의 소재 역시 진달래이니 말이다. 이렇게 본다면 진달래에 대해서 우리는 꽤 긍정적인 이미지를 가지고 있다고 할 수 있다.

'꽃'이 일반적으로 그 향기와 색으로 인한 아름다움 때문에 '사랑'을 표현하는 소재로 이야기되었다면 거기에 진달래는 아련하고 그리운 '고향'을 상징하는 역할이 하나 더 첨가되어 있다. 그러니 신동엽의 「진달래 山川」이 우리나라, 우리 민족의 이야기를 하는 것이라는 점에는 의심의 여지가 없어 보인다. 또한 우리가 살고 싶은 곳, 민족의 사랑을 이야기하기에 진달래만큼 누구에게나 공감을 주는 적절한 비유는 쉽게 찾기 어려울 것 같다.

> 그리운 그의 얼굴 다시 찾을 수 없어도
> 화사한 그의 꽃
> 山에 언덕에 피어날지어이.
>
> 그리운 그의 노래 다시 들을 수 없어도
> 맑은 그 숨결
> 들에 숲 속에 살아갈지어이.
>
> 쓸쓸한 마음으로 들길 더듬는 行人아.
>
> 눈길 비었거든 바람 담을지네
> 바람 비었거든 人情 담을지네.
>
> 그리운 그의 모습 다시 찾을 수 없어도
> 울고 간 그의 영혼
> 들에 언덕에 피어날지어이.
>
> ―「산에 언덕에」, 전문[1]

산에 언덕에 아무렇게나 피어 있는 꽃은 다시는 볼 수 없는, 그리운 이를

---

1. 본고에 있는 신동엽 시는 전부 『신동엽전집』, 창작과비평사, 1994에서 인용했음.

떠올리게 한다. 떠나간 사람은 이 세상에서 그 무엇으로도 되돌릴 수 없지만, 세월이 흘러도 변함없이 돌아오는 계절 속에 피어난 꽃은 떠나버린 사람이 잊히지 않도록 현실로 불러들인다. 그것이 바로 꽃이 지닌 힘이다. 사람들은 일반적으로 아름다움은 쉽게 사라지고 변하는 것이라 이야기한다. 그렇지만 사실 그것은 다른 방식으로 우리에게 새롭게 피어나고 다가오는 것을 인식하지 못하기 때문에 생기는 오해일 수 있다. 우리가 무엇을 아름답게 보는지, 어떤 것을 아름다움이라 규정했는지에 따라서 인식의 폭이 달라질 수 있기 때문이다.

우리는 유한한 것들을 단지 유한하기 때문에 사랑한다. 다시는 이 순간으로 돌이킬 수 없다는 사실이 사라지는 것들에 대해 애착을 갖게 만들고 더욱 빛나 보이게 한다. 그러나 우리는 또한 영원한 것들에 대한 찬사를 잊지 않곤 한다. 변하지 않기 때문에 아름답다고 이야기한다. 그러므로 어떤 것이 더 좋은 것이며 중요한 것이라 말할 수 없다. 때에 따라서, 우리의 마음 상태에 따라서 중요한 것이 달라지고, 같은 상황이 되풀이 되더라도 결정은 번복되곤 한다. 그러니 우리는 사실 그 무엇을 가지고도 고향을, 사랑을 이야기할 수 있으며 동시에 그곳에서 멀어지는 이야기를 만들 수 있다. 생각에서 힘을 뺐을 때 자연스럽게 떠오르는 순간을 무의식이라 할 수 있을 것이다. 그렇기에 우리가 꽃을 보며 무의식적으로 떠올리는 것을 살펴보면 우리가 어떤 세계관으로 세상을 바라보는지 얼추 짐작이 가능해진다.

그의 모습을 다시 찾을 수 없는 현실에서 그를 대신해, 그를 느끼고 볼 수 있게 만들어주는 꽃은 그의 영혼이며 분신이라 할 수 있다. 계절의 오고 감은 우리가 그 어떤 힘을 가지고도 막을 수 없는 일이다. 사라진 것처럼 보이는 그의 모습이 봄마다 때가 되면 되살아나는 것은 바로 '쓸쓸한 마음으로 떠도는' 우리 자신 때문일 것이다. 그를 기리는 꽃을 보며 반가움과 안타까움이 아련하게 서로 교차하는 것은 그가 살았던 세상이 어떠함을, 우리가 현재 살아가는 세상을 어떻게 바라보고 있는지를 보여주는 셈이다. 여기서 꽃을 보고 느낄 수 있는 마음은 떠나버린 사람에 대한 애틋함과 그리움을 발로로 했다기보다는 "쓸쓸한 마음으로" 길을 걷는 사람에게 화사하고 맑은 숨결을 지녔지만 울며 떠날 수밖에 없었던 사람을 되새기며 위로의 말을 건네는 것으로 보인다.

평야보다는 산이 많은 우리나라의 지형적 특징을 생각한다면, 산에 언덕에 피는 꽃은 바로 우리 일상에서 흔히 볼 수 있는 진달래 같은 꽃일 것이다. 그러므로 여기서 "그"는 특별한 누군가가 아니라 일상을 함께 하는 바로 내 이웃이며 혹은 나 자신의 모습이 될 수 있다. 그렇다면 여기서 나와 내 이웃이 처한 상황이 바로 쓸쓸한 마음을 갖게 만드는 것으로 여기고 있다는 것이다. 허나 쓸쓸한 마음을 가진 이가 최종적으로 도달하는 곳은 인정(人情)이라는 점에서 삶의 작은 희망을 걸게 되는 것인지 모르겠다. 어쩌면 반대로 화사하고, 아름다운 사람도 결국에는 울며 떠날 수밖에 없을 만큼 아름다운 곳이 바로 이 세상이라는 역설적인 의미를 담고 있는 것은 아닌가 생각하게 된다. 이렇게 꽃을 보면서 떠올리게 되는 생각들은 꼬리를 물고 이웃과 나의 현실을 반영하며 현실 세계의 아름다우면서도 쓸쓸한 삶의 모습을 드러낸다.

죽었음에도 불구하고 세상을 떠도는 영혼이 있다면 그들은 세상에 남겨놓은 원한 혹은 이루지 못한 꿈에 대한 미련이 있어서라고 이야기하곤 한다. 그렇다면 그의 모습이 자꾸만 되풀이하여 나타나는 봄 역시 잊지 못할 무언가가 존재하기 때문일 것이다.

검은 바람은
앞서 간 사람들의

쓸쓸한 魂을

갈갈이 찢어

꽃 풀무 치어 오고

—『금강』, 부분

진달래,

부소산 洛花岩

이끼 묻은 바위서리 핀

진달래,

너의 얼굴에서

사랑을 읽었다.

숨결을 들었다,

손길을 만졌다,

어제 진

백제 때 꽃구름

비단 치맛폭 끄을던

그 봄하늘의

바람소리여.

—『금강』, 부분

신동엽의 대표적인 작품인 장편서사시 『금강』은 과거의 사건을 현실에 재구성하며 미래를 이야기한다. 이런 점은 근대 이후 우리가 겪은 역사의 부침 속에서 서구 열강의 입김에 좌지우지되는 상황을 벗어나 독립적이고 자주적인 의식을 발현하려는 의지의 표현이라 볼 수 있다. 이때 앞서 간 이들 곧 선구자들의 모습이 계절에 따라 부는 바람, 피어나는 꽃으로 드러난다. 사랑을, 삶을 느끼게 해주었던 고향은 쓸쓸한 이들의 영혼을 위로해주는 바람으로 바뀌었다. 그러나 그 외로움을 따스한 봄바람에 실어 이야기한다는 역설적인 점에 우리가 살펴봐야 할 신동엽의 전략이 숨어있다.

검은 바람이 꽃 풀무가 되는 과정에는 앞서 간 사람들의 쓸쓸한 혼이 찢어지는 사건이 있었다. 선구자들은 시대에 앞서 변화와 변혁을 시도했던 인물이다. 『금강』은 동학혁명을 시적으로 재구성하며 주요 인물인 전봉준과 신하늬의 일생을 보여주는데 여기서 우리는 그들이 일구는 삶이 검은 바람을 몰고 오는 일임을 짐작할 수 있다. 그러나 이 바람은 꽃 풀무를 불러일으키는 원동력이 된다. 진달래 역시 꽃이 지는 바위라 불리는 낙화암의 이끼 낀 바위에서 피어난다. 흙의 풍성한 기운을 받아 자라야 할 꽃이 뿌리 내리기 힘든 바위에 붙어 있는 것은 현실의 고난을 보여주는 동시에 이 어려운 환경을 극복하고 살아남을 수 있었던 생명력을 느끼게 해준다. 이런 진달래를 통해 사랑이 무엇인지, 삶이 무엇인지 깨닫게 되는 과정이 있다는 것이다. 결국 돌려 이야기한다면, 사랑과 삶이라는 것은 부정적인 현실을 극복하는 과정 속에서 얻는 열매라 할 수 있다. 이를 통해 어제 이미 져버린 꽃구름까지 다시 피워 올릴 힘을 얻게 된다. 이처럼 겨울을 보내고 봄이 되었을 때 해마다 피어나는 꽃을 보며 선구자들의 목소리를 떠올리게 된다. 지금 쓸쓸한 마음으로 길을 걷는 사람에게 들리는 봄 하늘의 바람소리는 먼저 간 선구자의 숨결이며, 이 봄을 느끼는 자는 '백제 때 꽃구름'같이 아름다웠던 옛 시절을 현실에 재현해야 하는 소명이 있음을 되새기도록 해준다.

하늘에

흰 구름을 보고서

이 세상에 나온 것들의

고향을 생각했다.

즐겁고저
입술을 나누고
아름다웁고저
화장칠해 보이고,

우리,
돌아가야 할 고향은
딴 데 있었기 때문……

그렇지 않고서
이 세상이 이렇게
수선스릴
까닭이 없다.

—「고향」, 전문

구름은 우리가 어디서 왔는지 생각해보게 한다. 크기도 모양도 일정하지 않은 구름이 어디선가 쉽게 만들어지기도 하지만 바람에 의해 순식간에 사라지기도 한다. 구름처럼 왔다가 사라짐을 반복하는 것이 세상에 존재하는데, 실체를 가지고 살아가는 존재들은 어디서 와서 어디로 흘러가는지 의문이 들지 않을 수 없다. 또한 우리가 살고 있는 삶이 진짜 우리가 추구하는 삶인지에 대한 궁금증 역시 생기게 된다. 이는 아무도 알아주지 않는, 오히려 핍박받는 상황 속의 선구자들이 그들의 의지를 실현시키기 위해 애를 쓰는 상황을 우리가 과연 따라갈 수 있을지에 대한 의문과 같은 것이다.

몇 년 전 학부 수업 때, 친일파에 대해서 어떻게 생각하는지 물어보고 그들의 선택에 대해 토론하는 시간이 있었다. 학생들은 친일에 대해서 부정적으로 표명했지만, 자신이 그 상황에 처한다면 어떤 선택을 했을지 모르겠다는 답변이 꽤 많았다. 애국지사들은 대단히 훌륭하고 존경스럽지만, 그 당시 남은 가족들의 고통을 생각한다면 그런 삶을 택하지 않았을 것 같다는 의견도 있었다. 나아가 자신과 가족의 안위를 위해서라면 당시의 상황을 고려할 때 친일파가 되었을지도 모르겠다는 의견 역시 있었다. 이런 것을 본다면 우리가 사는 세상의 가치관은 상상할 수 없을 정도로 급속하게 변하는구나 싶다. 어쩌면 예전에는 차마 입 밖으로 내뱉지 못할 내용이 이제는 개인의 의견이라는 이름으로 가감 없이 쏟아져 나오는 세상이 과연 바른 것인지에 대한 의문 역시 생기게 된다. 이렇게 이야기를 나누는 것을 통해서 확인하게 된 것은 우리가 머물러야 할 고향은 이곳이 아니라는 사실이다. 그저 이야기를 나누어 즐겁고, 아름답기 위해 화장을 하는 것은 실제로 존재하는 것을 가리는 일이 될 뿐이다. 그러기에 그저 세상 일이 수선스럽고 수다스럽게 들린다. 우리가 돌아가야 할 고향, 도달해야 할 곳이 현재 이곳이 아니라는 사실을 알게 되는 것이 바로 우리가 시작해야 할 최초의 출발점이다.

꽃 살이 튀는 산 허리를 무너
온종일
탄환을 퍼부었지요

길가엔 진달래 몇 뿌리
꽃 펴 있고,
바위 그늘 밑엔

얼굴 고운 사람 하나
서늘히 잠들어 있었어요

꽃다운 산골 비행기가
지나다
기관포 쏟아 놓고 가 버리더군요.

기다림에 지친 사람들은
산으로 갔어요.
그리움은 회올려
하늘에 불 붙도록.
뼛섬은 썩어
꽃죽 널리도록.

바람 따신 그 옛날
후고구렷적 장수들이
의형제를 묻던
거기가 바로
그 바위라 하더군요.

잔디밭엔 담배값 버려 던진 채
당신은 피 흘리고 있었어요.

—「진달래 山川」, 부분

봄이 되어 꽃이 천지를 뒤덮는 세상. 상상하는 것만으로도 아름다고 기분

좋은 곳이 아닐 수 없다. 그러나 진달래의 붉은 빛 뿐만 아니라 이 세상을 덮고 있는 붉은 것이 바로 피라는 사실을 알게 된다면 섬뜩해진다. 이곳이 꽃피는 산골이라는 점을 계속 언급하지만 우리에게 인식되는 것은 굉음을 울리는 비행기가 쏟아낸 포탄이 떨어진 전장일 뿐이다. 그리고 우리가 보게 되는 것은 그 속에서 아무 소리 내지 못하고 쓰러져 있는 당신의 모습이다. 그 옛날 고구려 장수들이 형제들을 묻었던 곳에 오늘 우리는 쓰러져 피 흘리는 형제를 보게 된 것이다. 봄이 와 진달래를 피워 낸 언덕과 대조적으로 붉은 피를 흘리며 죽어가는 사람의 모습을 통해서 우리가 무엇을 하고 있는 것인가 생각하게 된다. 우리는 우리의 형제를 이곳에 묻고 있는 것은 아닌가.

그립고 아련한 고향이 더 이상 그 역할을 하지 못하게 되어 우리가 그리워 해야 할 곳이 고향이 아닌 다른 곳이 되어버리는 때, 곧 꽃피는 봄이 왔음에 우리는 외려 그 아름다움 속에서 외로움을 알아가게 된다. 보이는 것을 그대로 느낄 수 없는, 들리는 것을 그냥 믿을 수 없는 현실은 계속 우리를 매순간 의심하는 자로 만들어버린다. 우리 삶의 터전이 이렇게 황폐하게 변하게 된 것에 대해 무슨 까닭인지, 누구에 의한 것인지 밝히는 것은 사실 중요한 문제가 아닐 수 있다. 세상은 늘 변화하는 곳이기 때문에 거기에 맞춰서 살아가야 한다고 이야기하는 사람들에게는 어쩌면 이렇게 달라진 것을 보는 것만으로도 세상의 변화에 발맞춰 살아가고 있는 것이라 이야기 할지 모른다. 그러나 우리가 추구해야 할 세계, 우리가 살고 싶은 고향은 이렇게 불어오는 바람에 기대 단지 상상 속에서만 존재해야 할 곳은 아니다. 그러기에 우리는 '진달래 피는 산천'이 무엇을 이야기하고 있는지 찾아내야 한다.

『금강』이 이야기하는 동학혁명뿐만 아니라 「진달래 山川」에 드러나는 전쟁 이야기를 통해 신동엽의 시가 우리 근대사를 배경으로 역사를 되짚어

보고 있음을 알 수 있다. 이렇게 역사를 살피는 것은 우리 자신에 대해 스스로 깨우치고자 하는 면도 있지만 미래는 과거와의 연결 고리 속에서 이루어진다는 자각 때문일 것이다.2 또한 다음의 「新抵抗詩運動의 可能性」을 살펴보면 우리 삶 그 자체가 싸움의 연속이기에 이를 언어로 정제한 것이 바로 '시'라는 인식이 역사를 탐구하도록 하지 않았나 싶다. 어찌되었든 잃어버린 고향을 찾기 위해서, 돌아가야 할 고향이 이곳이 아니었다는 생각을 수정하는 작업이 우리에게 주어진 과제라는 것은 분명하다.

> 지금은 싸우는 時代다. 言語가 民族의 꽃이며 그 民族의 共同體的 狀況을 歷史感覺으로 感受받은 言語가 즉 詩라고 할 때, 오늘처럼 祖國과 民族이, 그리고 人間이 굶주리고 학대받고 外侵되어 울부짖고 있을 때, 어떻게 해서 찡그림 속의 살아픈 言語가 아니 나올 수 있을 것인가.
>
> —「新抵抗詩運動의 可能性」에서

신동엽은 시인들이 해야 할 일로 언어를 통해 민족이 처한 아픈 현실을 통찰하고 이 틀을 깨고 나올 수 있는 울림을 찾아야 한다고 언급했다. 그리고 이는 오로지 시를 통해서 가능한 일이라 여겼다. 이를 단순히 언급하는 것으로 우리가 나아가야 할 방향을 제시했다고 할 수는 없다. 우리에게 필요한 것은 갇혀진 현실을 벗어나야 한다는 인식뿐만 아니라, 그 공간을 새롭게 구성하는 힘이기 때문이다. 이는 세계가 2차 대전 이후 냉전 세계로 돌입한 것과 같은 맥락 속에서 이해할 수 있다. 아군과 적군으로 갈라진 상황, 남과 북이 대치하는 현실은 우리 편이 아니면 적군이라 생각할 수밖에

---

2. 신동엽의 시는 더 먼 과거로 회귀한다. 인류 생명의 근원까지 가고자 한다. '영원한 하늘'을 보고자 하는 이 되돌아감의 행위는 미래와 더 가까워지려는 역설적 사유의 역량이다. 이민호, 「신동엽의 '생명공동체'와 영화 '아바타'」, 『전경인 어문연구1』, 2010, 48쪽.

없도록 만들었다. 이는 삶에서 나와 다른 의견을 가진 사람과 타협의 여지를 전혀 만들 수 없도록 했다. 우리는 지금까지 북한과 관련되었다고 낙인찍히면 빨갱이, 공산당이 되어 사회에서 받아들여지지 않음은 물론 사회의 적으로 간주되는 곳에서 살아왔다. 심지어 이런 사회의 모습에 대해서 이야기하는 것조차 금지되었었다. 실천적 자세로 과거를 되짚어 본 신동엽의 『신동엽전집』이 처음 출판되었을 때 긴급조치 9호를 위반했다는 명목으로 출판이 금지되기도 했었다. 이런 사실은 지금까지 우리의 관념에 영향을 미치며 말할 수 있는 것과 말하고 싶은 것을 구분하도록 만들었다.

흑과 백의 구분에 예민한 사회에서 회색지대를 이야기하는 것은 위험한 일일 것이다. 그러나 우리가 언제나 확고하게 선악을 구별할 수 없듯이 우리 삶에 회색지대가 존재한다는 것을 부인할 수는 없다. 하지만 현실의 우리에게 회색지대는 기능을 상실했으며 그것은 오히려 정체성을 의심하게 만드는 빌미를 제공하는 역할을 한다. 이는 우리 편이 아니면 내 생명을 위태롭게 만드는 적일 것이라는 냉전사회의 인식에서 비롯된 것이다. 그렇지만 이렇게 분별력을 요구하는 사회에서 청유형으로 권고하는 혹은 명령형으로 주장하는 목소리는 얼마나 힘이 센 것일까 하는 의문이 생긴다. 또한 냉전이 종식된 현재 사회는 선과 악이라는 대립의 축으로 또 다시 세계를 소용돌이에 몰아넣고 있다. 나와 남이 다르다는 것을 받아들일 수 없는 사회가 가지는 단점이 이 세상을 휩쓸고 있다. 이런 현실에 반해 신동엽은 「껍데기는 가라」를 통해 이분법적인 사고방식을 다르게 이야기하고 있다.

껍데기는 가라.
四月도 알맹이만 남고
껍데기는 가라.

껍데기는 가라.
東學年 곰나루의, 그 아우성만 살고
껍데기는 가라.

그리하여, 다시
껍데기는 가라.
이곳에선, 두 가슴과 그곳까지 내논
아사달 아사녀가
中立의 초례청 앞에 서서
부끄럼 빛내며
맞절할지니

껍데기는 가라.
漢拏에서 白頭까지
향그러운 흙가슴만 남고
그, 모오든 쇠붙이는 가라.

—「껍데기는 가라」, 전문

껍데기와 알맹이로 양분하여 이제 우리에게 필요한 것은 알맹이니 껍데기는 가라고 외치고 있다. 그러나 우리 삶은 단순하게 소라 껍질에서 알맹이를 빼내듯 껍데기와 알맹이로 분리하기는 어렵다. 그렇지만 여기서는 껍데기와 알맹이를 분별하는 근거를 제시해주고 있다. 껍데기에 해당하는 것은 마지막 연에서 드러난 '쇠붙이'임에 반해 알맹이는 "四月", "아우성", "흙가슴"이라는 정신적인 것에 해당한다. 그러므로 여기는 구체적인 기준에 의해 알맹이와 껍데기가 분리 가능한 것이 되었다. 우리가 무엇인가를 알맹이라고 부를 때, 그것에 대해 모든 사람이 긍정하는 경우는 있을 수 없다. 만약 그런 일이 생긴다면 그건 폭력이 전제되는 상황 속에서 자유롭지 않은 선택의 결과로 의심될 것이다. 이는 우리 사회에서 한동안 언급하는 것조차 불가능한 것으로 여겨졌던 북한 사회의 모습을 이야기할 때 예로 들기에 적절한 사항이니 말이다.

"껍데기는 가라"고 외치며 알맹이만 남기를 바라는 곳에서 함께 이야기되는 것은 아사달과 아사녀의 초례가 이루어지는 상황이다. 이들은 "中立의 초례청 앞"에서 맞절을 함으로 부부의 연을 맺는다. 중립이란 어느 쪽으로도 치우치지 않고 공정하게 처신한다는 것이다. 껍데기와 알맹이로 나누고는 있지만 단지 여기서 원하는 것은 알맹이일 뿐이다. 앞에서 신동엽의 시가 과거의 혼란스러운 역사를 되짚으며 이야기할 때, 피 흘리며 죽어가는 이들의 모습과 붉은 잎을 지닌 진달래꽃을 함께 이야기했다. 이를 통해 붉다는 동일한 색감이 불러일으키는 대립적인 상황을 제시함으로써 붉은 색깔이 우리가 살아온 삶이 어떤 것인지를 두드러지게 환기시켜주는 역할을 했다. 이는 색깔이 지닌 다양한 의미의 스펙트럼 안에서 극과 극의 의미를 선택했기 때문에 가능했다고 볼 수 있다.

또한 중립 지대에 있는 아사녀의 모습 속에서 신동엽이 추구하는 이상 세계의 모습, 잃어버린 고향의 모습을 찾아볼 수 있다. 중립 지대에서 서서 객관적인 시선을 유지하려고 애쓰는 것, 그것이 비록 세상을 만족시켜 주는 답이 아닐지라도 이야기해야 할 것, 하고 싶은 말을 참지 않아도 되는 상황을 만들어주기 때문이다. 이것이 바로 단순히 흑과 백의 논리로 나와 다름에 차별하는 이분법적인 사고를 뛰어넘는 시선이라 하겠다. 또한 이것은 역사적인 사건들을 살펴보면서 우리의 나아갈 바를 모색하고자 하는 신동엽의 세계관이 드러난 부분이기도 하다.

香아 너의 고운 얼굴 조석으로 우물가에 비최이던 오래지 않은 옛날로
가자

수수럭 거리는 수수밭 사이 걸찍스런 웃음들 들려 나오며 호미와 바구니를
든 환한 얼굴 그림처럼 나타나던 夕陽……

구슬처럼 흘러가는 내ㅅ물가 맨발을 담그고 늘어앉아 빨래들을 두드리던
傳說같은 풍속으로 돌아가자

―「香아」, 부분

여기서는 아사녀가 향이로 바뀌었다. 삼국시대 전설 속의 인물인 아사녀
와 아사달을 오늘날 불러들여 삶이 지닌 애절함과 안타까움을 혼란으로부
터 건져주었다면, 향이를 통해서 보고 싶은 것은 과거와 현재 그리고 미래로
까지 연결되어 있는 세계관일 것이다. 이는 신동엽이 끊임없이 그의 작품을
통해서 들여다보고자 했던 것들이다. 과거의 사건들을 집요하게 분석하고
파고듦으로써 현재를 이해하고 미래를 전망하고자 했던 그의 세계관은
이 시에서 간단명료하게 정리된다. 향이에게 원하는 것은 전설 같은 풍속이
살아 숨 쉬는 과거로 돌아가는 것이다. 그러나 우리가 시계태엽을 거꾸로
감는다고 해서 지나온 시간 속으로 돌아갈 수 없는 것처럼, 과거를 그리워하
며 지향한다 하더라도 그 시간이 재발견되고 다시 실행되는 시간은 바로
미래라는 시간 속에서 가능하다는 것을 알고 있다. 그러므로 신동엽이 이야
기한 과거와 미래가 함께 공존하는 진취적인 현재를 구성한 오늘[3]이 바로

* * *

3. "과거로의 일방적 회귀가 아니라 과거와 미래가 함께 공존하는 이상적 현실세계의 모습을

시적 목표라는 것을 확인하게 된다.

> 쇠붙이도
>
> 탄도탄도
>
> 그녀의 무릎 밑에 와선 흐물흐물
>
> 녹아나리는 물.
>
> 女子는
>
> 물.
>
> 갈대가 아니라, 물.
>
> 있을 것이 없는 자리에 자기를 적응시켜
>
> 있을 것으로 충만시켜 주는, 물

—「女子의 삶」, 부분

아사녀와 향이를 통해 본 여자를 일반화하여 이야기하자면 물과 같다고 한다. 여기서는 껍데기로 규정되어 가 버리라고 이야기되었던 쇠붙이가 여자의 무릎 밑에서 녹아버려 물이 되었다. 더 이상 껍데기가 아닌 것이 되었다. 또한 '있을 것이 없는 자리에 자기를 적응시켜/충만시켜 주는 물'로 표현되어 이분법적 세계관이 통하지 않는 세계를 지향하고 있음을 보여준다. 사회가 주입하는 정보를 거부하고 스스로 확인하는 과정을 통해 받아들이겠다는 것이다. 물은 고정된 실체가 존재하지 않음으로 '있을 것이 없는 자리에 자기를 적응'시킬 수 있는 능력이 있다. 이는 모든 것을 포용할 수 있는

<hr>

지향하는 점에서" 신동엽이 지향하는 귀수성 세계가 현재의 모순과 한계를 극복한 대안적 장소로서 유토피아적 세계를 의미한다고 할 수 있다. 하상일, 「신동엽의 문학사상과 비평의 식」, 앞의 책, 2010, 54-55쪽 참조

힘이 있음을 뜻하며, 어디서나 옳은 것이 될 수 있다는 의미이다. 바로 우리가
추구하는 세계이며 돌아가야 할 근원적인 공간일 것이다. 나와 남의 다름이
함께 어울릴 수 있는 공간, 그 사이에 어떠한 차이도 차별도 발생하지 않는
곳은 바로 물처럼 온전하게 융합되는 곳에서만 가능하기 때문이다.

> 그렇지요, 좀만 더 높아 보세요 쏟아지는 햇빛 검깊은 하늘 밭 부딪칠
> 거에요. 하면 嶺너머 들길 보세요 전혀 잊혀진 그쪽 황무지에서 노래치며
> 돋아나고 있을 쌌수 좋은 둥구나무 새끼들을 발견할 거에요. 힘이 있거든
> 그리로 가세요. 늦지 않아요. 이슬 열린 아직 새벽 벌판이에요
>
> —「힘이 있거든 그리로 가세요」, 부분

> 그 반도의 허리, 개성에서
> 금강산 이르는 중심부엔 폭 십리의
> 완충지대, 이른바 북쪽 권력도
> 남쪽 권력도 아니 미친다는
> 평화로운 논밭.
>
> —「술을 많이 마시고 잔 어젯밤은」, 부분

드디어 우리에게 떠날 것을 요구한다. 움직일 수 있는 힘이 남아 있다면
나를 드러낼 수 없고, 남을 인정해줄 수 없는 폭력적인 현실에서 벗어나
그곳으로 가라고 권유한다. 조금만 더 높게 올라가면, 산에 언덕에 붉은
진달래가 피는 꽃길을 따라 머무르고 있는 곳이 우리가 찾았던 고향이
아니라는 자각을 하게 된다면, "잊혀진 황무지에서 노래가 흘러나오고 큰
나무 위에 새들이 있는" 그런 땅을 새롭게 발견하게 될 것이라 이야기한다.
이곳은 잊혀진 땅, 바로 과거의 시간들이 숨 쉬는 공간일 것이다. 신동엽이

미래에 구현되어야 할 이상적인 공간으로 과거의 시간을 이야기했던 것은 이렇게 우리에게 잊혀졌던, 그러나 다시 되살릴 수 있는 근본적인 자유로운 공간이 존재한다는 전제 하에서 가능하다. 또한 이상적이고 아름다운 그곳은 중립의 초례청에서 맞절하던 아사달과 아사녀의 모습처럼 평화로울 것이다.

　　스칸디나비아라든가 뭐라구 하는 고장에서는 아름다운 석양 대통령이라고 하는 직업을 가진 아저씨가 꽃리본 단 딸아이의 손 이끌고 백화점 거리 칫솔 사러 나오신단다. 탄광 퇴근하는 鑛夫들의 작업복 뒷주머니마다엔 기름묻은 책 하이덱거 럿셀 헤밍웨이 莊子 휴가여행 떠나는 국무총리 서울역 삼등대합실 매표구 앞을 뙤약볕 흡쓰며 줄지어 서 있을 때 그걸 본 서울역장 기쁘시겠오라는 인사 한마디 남길 뿐 평화스러이 자기 사무실문 열고 들어가더란다. 남해에서 북강까지 넘실대는 물결 동해에서 서해까지 팔랑대는 꽃밭 땅에서 하늘로 치솟는 무지개빛 분수 이름은 잊었지만 뭐라군가 불리우는 그 중립국에선 하나에서 백까지가 다 대학 나온 농민들 추럭을 두 대씩이나 가지고 대리석 별장에서 산다지만 대통령 이름은 잘 몰라도 새이름 꽃이름 지휘자이름 극작가 이름은 훤하더란다 애당초 어느쪽 패거리에도 총쏘는 야만엔 가담치 않기로 작정한 그 知性 그래서 어린이들은 사람 죽이는 시늉을 아니하고도 아름다운 놀이 꽃동산처럼 풍요로운 나라, 억만금을 준대도 싫었다 자기네 포도밭은 사람 상처내는 미사일기지도 땡크기지도 들어올 수 없소 끝끝내 사나이나라 배짱 지킨 국민들, 반도의 달밤 무너진 성터가의 입맞춤이며 푸짐한 타작소리 춤 思索뿐 하늘로 가는 길가엔 황토빛 노을 물든 석양 大統領이라고 하는 직함을 가진 신사가 자전거 꽁무니에 막걸리병을 싣고 삼십리 시골길 시인의 집을 놀러 가더란다.

―「散文詩 <1>」, 전문

이곳이 바로 신동엽이 말하는 그리운 고향의 모습일 것이다. 사람들은 모두 자기 직업에 충실하고, 다른 사람을 부러워한다거나 특별하게 생각하지 않는다. 대통령이나 기차역장이나 모두 자기가 맡은 일을 할 뿐이다. 그들은 휴가를 즐기고, 똑같이 줄을 서서 표를 산다. 집안에 필요한 생활용품을 사러가기도 하고 친구를 만나러 가는 길에는 자전거를 타고 막걸리를 들고 간다. 특별한 대우를 받아야 한다는 의식도 없지만, 그렇게 대우해줄 사람도 존재하지 않는다. 경제적인 것뿐만 아니라 정신적인 면에서도 차이가 없다. 적절한 교육을 모두 받았고, 문화를 즐길 줄 아는 소양을 가지고 있다. 또한 가치관이 뚜렷하여 자기가 정해놓은 길에서 벗어나는 것은 타협하지 않을 곧은 심지도 가지고 있다. 이 모든 것이 나와 남의 차이를 받아들이고 인정하면서 동시에 자신의 가치를 스스로 존중하는 사람만이 할 수 있는 일이라 여겨진다. 바로 신동엽이 그리워하는 고향의 모습일 것이다.

또한 여기서는 한쪽으로 치우치는 사고의 편향을 보이지 않는다. 중립의 초례청에서 마주하는 아사달과 아사녀처럼 기준을 세워두고 그 속에서 자유를 누리고 있다. 『금강』을 비롯하여 여러 시편에서 전쟁의 모습이 묘사되었던 것은 근대 역사에서 되풀이되었던 모습 속에서 찾고 싶은, 밝히고 싶은 진실과 진리가 있기 때문이다. 이는 우리가 찾아야 하는 고향이 있다는 것이다. 신동엽은 전쟁으로 서로를 향해 총을 겨누는 이곳이 아닌, 나와 다른 차이로 인하여 차별받는 세계가 아닌 곳을 꿈꾸었다. 그는 이를 全耕人이라 표현하였는데, 우리 삶의 근본이 땅에 있음을 이야기함과 동시에 모든 것을 갈아엎어 새롭게 초석을 다지자는 의미로도 읽을 수 있을 것이다.

21세기를 사는 오늘날 우리 사회는 빈부 격차가 날로 심해지고, 이념의 대립은 새롭게 날을 세우고 있다. 무언가 달라지고 있는 것처럼 보였지만 근본적으로 세상은 더 황폐해진 것처럼 느껴진다. 진보하는 문명의 이기로 인해 오히려 불특정 다수를 향한 위협이 가능해지고 이웃에 사는 사람과는 소음 문제로 얼굴을 대면하게 되는 날들이다. 나 자신도 스스로 믿기 힘들어지듯 어린아이부터 노인까지 자살하는 사람의 소식이 너무 많이 들리고, 다수의 폭력 사건 소식은 우리를 이제 폭력을 일상의 한 부분으로 받아들일 만큼 신경을 무디게 만들고 있다. 그러하기에 지금 우리에게 필요한 것은 이상향을 꿈꾸는 것, 고향을 찾아가는 것이다. 그러나 유토피아의 모습을 현실에서 발현시키기 위해서는 지금 여기를 돌아봐야 한다. 우리가 발 딛는 세상을 떠나서는 새로운 세상이 불가능함을 신동엽은 이야기하고 있다. 그렇기 때문에 전경인의 모습이 필요한 것이다. 이는 과거를 통해 미래를 구축할 수 있다는, 이상적 현실의 모습 속에서만 우리가 고향으로 돌아갈 수 있기 때문이다. 힘이 있다면 이제 그곳으로 가야한다.

깡통과 꽃

－삶은 어떻게 예술이 되는가

노대원

깡통과 꽃

어느 날, 학교 화장실에 들어갔다가 세면대 윗자리에 놓인 꽃을 보았다. 그저 버려진 꽃들을 굴러다니는 빈 음료수 깡통에 꽂아둔 것이었다. 이 소박한 꽃꽂이는 화장실 특유의 가라앉은 느낌을 이겨낼 만큼, 화사했고 예뻤다. 저 꽃들로 인해 화장실은 단지 위생적이고 깨끗하게 청소된 공공시설 공간이 아니라 삶의 여유와 품위를 즐길 수 있는 인간적인 장소가 되었다. 특별하게 화려하고 풍성한 꽃들로 이루어진 것은 아니었지만, 그리고 분명히 어떤 전문적인 손길이 전혀 아닐 것이라고 느낄 만큼 단순히 꽃송이들을 몇 줄기 그저 무심하게 꽂아둔 것에 불과했지만, 그것은 기어이 하나의 아름다움을 이루어내고 있었던 것이다. 작고 단순하고 일상적이며, 하지만 보는 이를 한결 상쾌하게 만드는, 그저 그런 풍경의 하나였(을지도 모른)다.

그러나 고백하자면, 나는 몇 년간 시와 소설, 영화 등 어떤 예술작품에서도 저처럼 아름다운 사건과 조우하지 못했다. 그것은 문학도이자 평론가로서 참담한 불행이고 부끄러움이며 동시에 한편으로는 참으로 다행이고 은밀한

즐거움이었다. 어째서 그런가? 나는 이 작은 꽃꽂이를 하나의 '미학적 충격이자 미학적 사건'으로 받아들이고 있었던 것이다. 아니, 그런 분석적인 생각을 전개하기도 전에, 그 꽃꽂이를 본 그 순간, 이미 내 마음속에는 헤아리기 어려운 어떤 파장들이 전달되고 있었던 것이다. 그렇게, 밤새 혼자 저 꽃병들을 떠올리던, 불면의 날들이 있었다. 그 불면은 고통스럽고도 즐거운 '앓이'였으며, 혼자만의 고독한 사유의 시간이었다. 그 날의 이 사건은 다른 누군가와 나누어지지 않고 온전히 내 것이라는 괴이한 생각을 품은 적 있다.

꽃들은 내게 말한다. 노동과 예술의 어떤 완벽한 결합이 있다면, 이름난 예술가의 요란스런 창작 작업이 아니라 분명 이런 소박한 아름다움을 세상에 선사하는 일일 것이라고. 일상과 예술이 온전히 하나가 되고 꾸미는 자와 보는 자 모두에게 즐거움을 선사하는 저 아름다운 사태. 예술의 이데아가 있다면, 바로 이런 것이 아닐지. 그렇게, 꽃들은 내게 어떤 깨달음을 들려주었다. 그 후, 신문 기사를 통해 학교의 청소 노동자 어머니들이 노동 환경 개선을 주장하며 목소리를 냈다는 사실을 알게 되었다. 그녀들의 말대로라면, 내가 조우한 저 미학적 사건은 "하루 식비 400원"인 어느 분이 만들어 놓은 꽃꽂이로부터 비롯된 것이리라. 나는 4,000원 짜리 점심밥을 사 먹고 밥을 벌었던 날, 저 꽃병을 만든 손길로부터, 나는, 무언가 다시 배우고, 느꼈다.

그리하여 나는 이 미적 체험을
어떤 식으로든 사유하고 실천해나
가야 한다는 무겁고도 즐거운 의
무감을 느꼈다. 그것은 평론가로
서의 책무이기도 했으나, 그 이전
에 하나의 예술작품을 감상한 자
가 기쁨을 누렸던 대가로 받아들
이는 자발적인 채무 관계였다. 그
렇게, 이 글은 이 미학적 사건에
대한 주석으로서, 성찰로서 쓰일
것이다. 먼 여행을 나서며, 완결되
지 않은 그저 하나의 첫 발걸음으
로, 출발할 것이다.

노동과 예술

버려진 꽃들을 주워 깡통 속에 꽂은 뒤, 그것을 단정하게 화장실의 적당한
곳에 배치하는 일은 노동의 시간에 일어난 창작 활동이었다. 우리가 알기에,
노동과 예술은 어느새 서로 무관한, 심지어는 서로가 서로를 밀쳐내는 사이
가 되지 않았던가. 직업적이고 전문적인 소수의 예술 노동자를 제외하고는
많은 이들에게, 예술이란, 철저한 규율로 통제되는 노동 시간에 절대로
틈입할 수 없는, 그리고 침범해서는 안 될 불순물이다. 그런 탓에 예술은
더더욱 삶으로부터 멀어진다. 멀어진 것들은 마음속에서 멀리 달아나 그저
잊히기 마련이다. 혹은 그것을 아쉬워하는 자에게는 더욱 그리운 무엇이
되는 법이다. 그래서 어떤 이들은 노동과 예술의 엄격한 분리를 받아들인다.

그들은 노동이 끝나고 난 뒤 여가 시간의 예술을 진정한 자기를 찾는 일로 보기도 한다.

최근, 늘어나는 취미 공동체에 대한 관심과 옹호는 그러한 경향을 입증한다. 그들은 일이 끝나고 유희와 창조가 시작되는 이 시간에야말로 스스로의 정체성을 발견한다고 믿는다. 노동 뒤의 취미와 예술 활동은 점점 자신을 잃어간다고 느끼는 노동자에게는, 소외된 노동으로부터 구원이다. 문화 활동이 곧 소비 활동이라는 등식으로 여겨지는 자본주의적 문화에서 노동이 끝나는 퇴근 이후의 자유로운 창조적 활동은 실제로 소비적 문화로부터의 해방이 될 수 있다. 하지만, 그것은 소외된 노동을 묵인하고 예술을 특정한 시간과 공간 속에 가두어버림으로써, 제한적인 구원이 된다는 점은 부정할 수 없다.

한편, 노동자를 부리는 기업과 국가에서도 이 시간을 적극적으로 지원하고 배려하는 추세이다. 진심으로 환영할 만한 일이지만, 어쩌면 그들은 노동자들이 스스로 자유와 회복, 휴식을 얻음으로써 언젠가는 견디다 못해 터져 나올지도 모르는 불만과 억압의 목소리를 잠시 배출할 수 있는 안전밸브 역할을 그 시간이 해 주고 있다고 여길지 모른다. 또한 즐거운 기업이나 상상력의 놀이터를 표방하는 첨단의 기업이란 여전히 극히 드물다. 그 드문 기업들의 자유로운 정책마저 대부분 인지자본주의의 원천으로서 노동자의 창조성을(=그들의 영혼을!) 기업의 이익으로 회수하고자 하는 적극적인 노력의 일환일 수도 있다. 실제로 우리가 알고 있는 그런 자유로운 기업의 이미지는 IT 기업이나 문화 기업에 국한된다. 그런 삐딱한 관점에서 우려한다면, 어쩌면 노동과 예술, 노동과 여가의 철저한 분리와 구획이 노동자들의 온전한 휴식을 위해서 차라리 계속 유지되어야만 한다.

노동과 여가, 노동과 예술의 구분에 대한 숱한 담론적 공상과 논쟁들 사이에 저 꽃들은 홀로 아름답게 피어있다. 저 꽃들은, 일하는 자로부터 소외된 노동 시간, 그래서 더 힘겹고 괴로운 노동 시간이 끝난 뒤 노동과는 전혀 무관한 여가의 시간에 노동의 소외와 고됨을 망각하기 위한 취미 활동이 아니었다. 버려진 것들을 줍고 쓰레기통에서 재활용 제품을 분리해서, 더러운 것들을, 쓸모없이 버려진 것들을 깨끗이 씻어내는 그녀의 노동은 때때로 즐거울 수도 있겠으나 대체로 심신의 수고로움과 피로 없이는 이루어질 수는 없을 것이다. 꽃들은 노동과 더불어, 그러나 어떤 강제된 명령이나 지시 없이 자발적인 즐거움과 함께 저 깡통 속에 담길 수 있었다. 그 일은 노동의 효과적인 성취인 동시에 창작자 자신과 감상자 모두에게 즐거운 여유를 선사해 주는 노동 바깥의 심미적 활동이다. 이때 노동과 예술의 구분이 사실상 지워진다.

버려진 꽃을 줍고 다듬어 깡통에 담으면서 그녀는 희미한 미소를 지었으리라. 그 미소는 꽃의 아름다움을 향한 것이며, 더불어 이 꽃을 보고 미소 지을 더 많은 사람들을 향한 기대와 만족의 미소였을 것이다. 꽃을 꾸민 사람과 꽃을 보는 사람의 미소는 결코 다르지 않을 것이다. 다른 화장실에 장식되어 있는 수많은 꽃들이 일종의 세트처럼 규격화된 꽃병에 매우 조화롭게 꽂힌 조화(造花)라는 사실을 우리는 안다. 그런 꽃 장식들은 세련되고 편안한 장식으로 화장실의 한 '기능'으로 작동한다. 그러나 심미적 아름다움의 체험과는 거리가 멀다. 벽지에 새겨진 꽃무늬와 같다. 화장실 벽과 바닥의 예쁘게 새겨진 문양의 그것과 같다. 그것을 지시하고 배치한 손길은 다만 근면한 노동의 손길로 인정되고 제한될 뿐이다.

이에 비해, 빈 캔 커피 깡통과 어느 꽃다발 또는 화환으로부터 떨어져 나온 것으로 보이는 꽃송이들의 이질적이고 단순한 조합과 배치는 노동의 측면에서는, 그리고 기능의 측면에서는 전혀 조화로운 것이 아닐 수 있다. 그러나 저 꽃들은 세상에서 유일한 작품으로서 아우라를 거느리는, 독창적인 꽃꽂이 작품이다. 저 꽃들은 화장실의 장식으로서 도구적인 역할을 수행해 내면서, 동시에 죽은 사물로서의 위치를 받아들이는 것에 격렬히 저항한다. 꽃들은 보는 자에게 말을 건넨다. 도구가 아니라, 기능이 아니라, 의미의 눈길이 가 닿아야 하는, 참여와 감상을, 해석과 사유를 강요하는 예술 텍스트로 몸 바꾼다.

예술과 민주주의 간의 관계를 깊이 사유한 철학자 자크 랑시에르는 강연문 「감성적/미학적 전복(La subversion esthétique)」에서 루이-가브리엘 고니라고 불리는 소목장이의 글을 인용한다. 고니는 어느 사저의 마루판을 까는 일을 한다. "마치 제 집에 있다고 느끼는 양, 그는 그가 마루판을 깔고 있는 방 작업을 완료하지 못하는 동안에도, 그 방의 배치를 좋아한다. 창문이 정원 쪽으로 나 있거나 그림 같은 지평선을 굽어본다면, 한 순간 그는 [마루판을 깔던] 팔을 멈추고 널찍한 전망을 향해 생각에 잠긴다. 그럼으로써 그는 옆집 주인보다 그 방을 더 잘 즐긴다."

랑시에르는 이 글에서 예술이 문제가 아니라, 시선이 문제라고 한다. 시선은 노동자의 자리에 걸맞은 말과 생각과 행동에서 해방하게 한다. 혁명적 노동자의 신체를 형성하는 것은 혁명적인 그림이 아니라는 것도 덧붙인다. 그러나 비정치적인 외양의 예술이 노동자의 감각적 분배를 전복할 수도 있다는 것만을 강조한다면 그것은 무지한 오독과 게으른 알리바이에 불과하다. 중요한 것은 시선과, 그 시선을 이루고 있는 상황의 맥락일 것이다. "감성적[미학적] 전복이란 감성적 경험의 자율화와 예술일 만한 대상과 그렇지 않은 대상을 나누고, 그것을 맛볼 수 있는 대중과 그렇지 못한 대중을 나누는 모든 장벽을 제거하는 것 사이의 긴장이다."

일상과 예술

무엇보다도 저 깡통 속의 꽃들은 예술의 경계에 관해 질문한다. 무엇이 예술일 수 있냐고. 무엇이 심미적 체험이냐고. 누가 감성의 체험을 할 수 있는 사람이냐고. 어떤 시선이 당신의 감각을 새롭게 갱신하고 사유로 이끌 수 있느냐고. 꽃들은 감성적/미학적 전복의 시선으로 이끈다.

나는 문학장이라는 제한된 제도적 울타리 내에서 활동하는 문학평론가로서, 대학과 대학원에서 문학을 전공하고 가르치는 학생이자 강사로서, 그리고 인문학을 연구하는 학자로서, 문학 텍스트를 붙들고 산다. 문학은 텍스트이며, 인문학은 텍스트이다. 누군가의 말을 맥락과 무관하게 비틀어 쓴다면, 그런 의미에서 텍스트 바깥은 없다. 물론 여기서 텍스트란, 제도적으로 승인받은 텍스트만을 뜻한다. 특정한 시간과 공간 또는 특정한 지면 위에서, 특정한 지위와 권위를 가진 자가, 특정한 문법과 어조로 제작하고 제출한 제한적인 텍스트. 나는 그 텍스트들을 구획짓고 평가하고 해석하면서, 즐거워하고 괴로워하면서, 보람과 관성으로 그 일을 해내면서, 계속해서 문학과 학술 제도의 생산과 유지에 일조한다. 그런 가운데 저 꽃들은 미술관 밖으로 뛰쳐나온 미술 작품, 문예지 밖으로 달아난 문학 작품, 강의실 밖으로 탈출한 사유의 질문이 되어, 내게로 온다. 무엇이 예술이고 무엇이 사유입니까.

예술과 일상을 가르는 확고한 태도는 점점 예술을 삶과는 무관한 저 너머 세계의 것으로 만든다. 우리는 극장에 가서 영화를 보고 감동한다. 이를테면, 《광해, 왕이 된 남자》를 보고 인민을 위한 진정한 정치(또는 통치)가 무엇인지 잠시 생각해보고, 《레미제라블》을 보고 혁명기의 사랑과 자유를, 정치와 인간애를 음미해본다. 그러나 여운은 딱 거기까지다. 감동과 열정은 쉽게 끝나고 쉽게 식는다. 영화가 끝나고 엔딩 스크롤이 올라가면, 삼삼오오 저마다 어두운 극장 밖을 빠져 나가버리고 나면 끝이다. 영화로 얻은 감동과 별개로, 부자로 만들어주겠다고 기름진 빈 말들로 유혹하는 보수정당이나 극우 정치인에게 여전히 투표하고, 그런 선거 결과에 절망해서는 마음의 위안을 얻는답시고 잠시 힐링 타임을 갖는 것일 뿐이다.

아르코 예술극장. 지날 때마다 "예술은 삶을 예술보다 흥미롭게 하는 것"이라는 문장을 음미해보곤 한다.

그럴 때, 이 영화들은, 혹시, 예술의 형식으로, 감동의 형식으로, 영화의 이야기처럼 살지 못하는 우리 삶에 대한 교묘한 알리바이이자 그 위로가 되는 것은 아닌가. 영화로부터 전달된 감동이 미처 외적으로 발현되지 못했다 해도 그 감동은 보이지 않는 숨은 힘을 지녀 켜켜이 쌓이면서 언젠가 우리의 삶을 예술보다 더 유쾌한 것으로 변화시키는 마술이 될 것이라고, 나는 그렇게 애써 바라고 긍정해볼 것이다. 그럼에도 예술의 힘이 축소되는 것은 예술이 예술(제도)의 울타리 안에서만 안전하게 '흥행'하고 있는 것과 무관하지는 않다.

예술과 일상을 가르는 확고한 태도는 점점 예술을 삶과 경험으로부터 멀어지게 만든다. 마로니에 공원에 위치한 아르코 예술극장 앞에는 이런 문구가 걸려 있다. "예술은 삶을 예술보다 흥미롭게 하는 것." 희망과 이상이 아니라, 현실에서도 그 말은 진실이 될 수 있을까? 그와 다르게, 우리 시대의 예술은 따분한 삶을 위로하기 위한 심심풀이 용 엔터테인먼트로, 삶의 방향과 의미에는 어떤 흔적도 남기지 못하는 외양만 화려한 소비문화의 하나로 축소된 것은 아닌가? 그런 의문을 품은 눈으로 바라보면, 예술을 예술로 인정하고 향유할 수 있도록 해 주었던 예술제도와 관습은 어느덧 자가 면역 질환(autoimmune disease)을 닮아 있다. 제 몸을 지켜주는 게 아니라 엉뚱하게도 제 몸을 공격하는 면역세포의 질환 말이다. 다른 것들로부터 예술을 구분하고 그 의미와 가치를 보호해 주던 그 예술제도와 관습은 이제는 스스로의 의미와 가치를 무너뜨리는 일에 가담하기 시작한다. 예술은 의미가 축소되고 제한되며 일상과 노동의 경계 밖으로만 허용된 놀이 시간에 불과하게 된다. 삶과 예술의 영역을 확실하게 나눔으로써 우리 삶을 안전하게, 달리 말해서 변화 없는 것으로 만든다. 미학적 체험은 예술제도와 관습 안에서 벌어지는 신기한 이벤트로, 찰나의 여흥으로만 우리에게 기억된다. 그런 예술의 곤경에 대해서라면 이런 말도 가능할 것이다. '예술은 삶을 환기하기보다 삶을 잊게 만든다.'

선물과 발견

자본주의 시대의 예술은 대부분 시장에서 거래되는 상품이다. 예술의 상업주의를 개탄하는 예술의 자성적 · 비판적 의견들 역시 스스로가 시장의 상업적 회로망에 직간접적으로 연루되어 있다는 것을 감추지 못할 것이다. 많이 팔린 베스트셀러가 예술적 가치를 보장받는 것은 아니라는 사실을 잘 알면서도, 상품성이 곧잘 질적 수준이나 예술적 평가와 오인된다. 그 까닭은 우리가 베스트셀러와 걸작을 구분하지 못해서가 결코 아니다. 비판적인 인식보다 힘이 센 것은 제도와 관습으로부터 만들어진 개개인들의 습관이다. 가격표가 매겨져 있지 않는 예술작품을, 다시 말해 거래되지 않는 상품을 우리가 예술작품으로 받아들이는 것은 아마도 습관에 반하는 일일 터다. 책의 가격, 연극과 오페라 티켓의 가격, 미술품의 경매가는 우리가 다른 상품들을 대하는 것처럼 가치 있는 예술작품을 적극적으로 향유(= 소비, 소유)하고 있다는 만족스러운 기분을 만들어준다.

그런데 제도적 장치나 권위자들로부터 인정받지 못한 데다 믿을 만한 가격표마저 붙어 있지 않다면, 우리가 그것을 예술작품으로 받아들이고 감상할 만한 이유가 있는가? 그것이 교양과 문화 자본의 가치를 듬뿍 지니고 있어서, 문화와 정신의 영역에서 유통되는 일종의 공통화폐처럼 서로 자랑하고 서로를 인정할 수 있도록 해주는 안전한 '명작'이 아니라면 말이다. 물론 이때의 명작이란 탁월한 작품(fine work)이 아니라 그저 유명한 작품(famous work)이다. 더 많은 타인들로부터 받아낸 더 확실한 인정이 작품 고유의 가치를 압도한다.

상품으로 매매되거나 상징적인 인정의 기호로 거래되지 않는다면, 그 작품을 더 이상 어떻게 받아들일 수 있을 것인가? 거래와 인정의 회로 밖에 있는 예술과 미학적 체험을 상상하는 일은 가능할까? 그 질문에 관해서, 내가 본 저 꽃들은 희미한 가능성의 빛으로 다가온다. 꽃들은 말한다. 우리는 제도와 관습과 거래의 쓰레기통에서 구제되어 나왔다고. 꽃들은 제도적이고 공적인 전시회에 진열된 것이 아니라 아주 개인적이고 우연적인 손길에 의해 화장실에 장식되었다. 그 일 또한 본래 화장실의 분위기를 화사하게 바꿔주는 실용적인 노동일 수 있었다. 꽃들은 화장실을 이용하는 자들에게도 잠시 만족스러운 미감(美感)을 느끼게 해주는, 그저 소박한 장식일 수도 있다. 그러나 그 꽃들은 단순한 매매와 거래와 노동의 규율로부터 해방된 자리에서 피어난 것이다. 꽃을 꽂아 장식하는 일이 노동 시간에 벌어진 일이며, 보다 더 근면한 노동 활동이라는 점에서 그것은 경제 활동이다. 그러나 더 많은 임금이나 더 안정된 신분 보장과는 거의 무관할 것이라는 점에서, 또한 어떤 매매와는 전혀 상관없다는 점에서 경제적 의미를 벗어나고 있다.

저 꽃들은 선물이다. 화폐의 매개 없이 증여의 방식으로 선물은 전달된다. 선물의 예술은 어떻게 존재할 수 있을까? 물론, 우선 그것은 매매 불가능한 방식으로, 소유 불가능한 방식으로만 존재할 수 있을 것이다. 말 그대로 소유하는 작품이 아니라 존재하는 작품이다. 증여의 방식으로 전달되지만, 모든 이들에게 전달되는 것은 아니다. 그것은 증여와 함께 '발견'을 요구한다. 증여된 존재를 발견할 수 있는 열린 눈을 가진 자에게만 허락될 것이다. 이때의 발견은 문화적, 감수성의 능력을 뜻하겠지만, 그것은 오히려 학교나 교과서에 의한 제도적 교육으로부터 길러진 것은 아닐 것이다. 오히려 관습적인 교육과 문화 체험의 독소들은 발견의 시력(視力)을 떨어뜨리게 할 확률이 높을 것이다. 잘 길들여진 눈과 머리는 늘 보던 것들만 보게 하므로, 폐기될 운명의 쓰레기와 재활용이 가능한 쓰레기를 분별하듯이, 높은 가격표와 낮은 가격표를 달고 있는 상품을 판단하는 능력이 뛰어난 사람에게는 오히려 선물이란 존재하지 않게 된다. '선물을 선물로 발견하고 기뻐할 수 있는 자에게만 선물은 기쁜 선물이 된다.' 이 같은 동어반복이 선물의 시학이다.

선물은 가격의 낮고 높음이 대신 판단해주는 상품성보다는 인간적 관계의 고리가 중시된다. 제도 내 예술과 관습적 예술은 관계성의 깊이보다는 미적 가치이든 경제적 가치이든 특정한 가치의 '우열'을 강조한다. 그 소설책이 얼마나 많은 독자에게 팔려서 읽혔는가, 그 영화는 평점이 별 몇 개로 나타나는가, 그 미술작품은 경매에서 얼마나 높은 금액으로 불렸는가, 그런 양적 가치의 우열 판단. 예술작품의 내적 가치를 판단하는 일은 귀중하고 의미 있는 행위이지만 그것이 예술작품의 존재 가치를 보장해주는 것은 아니다. 가격과 평가의 숫자들은 해당 예술작품을 얼마나 많은 사람들이 눈독들이고 있는지, 상품의 수요와 공급에서처럼 그것의 수요를 가늠하는 방식으로 여겨진다. 많은 사람들이 그것을 (소유하고 소비하기를) 원하고 있다는 사실은 중요하다. 그러나 내가 말하는 선물의 예술은 그러한 수요나 인정의 계산법을 전혀 요구하지 않는다. 오히려 단 한 사람만의 발견자가 있더라도 그것은 존재하게 되는 신기한 것이다. 오히려 때로는 많은 사람들보다는 그 한 사람만을 위한 존재이므로 존재 가치는 더욱 커지게 된다. 그런 역설이 가능한 이유는 선물을 만들고 건네준 사람과 그것을 건네받아 발견한 사람의 관계가 중시되기 때문이다.

톨스토이는 선물의 예술들을 발견하는 데 천재였다. 톨스토이는 『예술이란 무엇인가』(1897)에서, 불후의 악성(樂聖)으로 불리는 베토벤의 101번 소나타보다도 이름 모르는 농가 여자의 노래가 감동적이었다고 고백한다. 또한 바그너의 《니벨룽겐의 반지》보다도 무명의 작가가 쓴 따뜻한 동화가 더욱 마음을 움직였다고 쓰고 있다. 이러한 고백은 그가 지향하는 이상적인 예술작품의 예시이고, 우리가 말하고 있는 '선물의 예술'의 범례(範例)다. 여기서 더 읽을 수 있는 것은, 톨스토이가 예술을 통해서 바라는 사람과 사람 사이의 '관계'라고 할 수 있다. 베토벤의 소나타를 연주했던 악사는 직업적인 예술가로서 연주가 하나의 직업적인 노동이었다. 그에 비해서 농가 여자의 노래는 출가한 딸이 친정에 다니러 온 것을 환영하는, 진심에서 우러나오는 기쁨의 노래였다. 농가 여자의 노래에는 딸을 반기는 마음과 사랑하는 마음이 넘치고 있었던 것이다. 결국 그 여자의 노래를 참된 예술로 만들어준 것은, 딸에 대한 어머니의 사랑이었음을 톨스토이도 느꼈을 것이다. 무명작가의 동화 역시, 바그너의 악극에 비해 그 화려함과 웅장함에 있어서, 그리고 명성에 있어서 절대로 겨룰 만한 작품이 아니었을 것이다. 그러나 그 글에는 바그너의 작품을 넘어서는 인간에 대한 진실한 온정의 마음이 살아있었다는 것을 톨스토이를 통해서 알 수가 있다.

시업가와 시인, 그리고 무식한 시인-되기

여기서 톨스토이의 사례들이 일러주는 것은, 물론 직업 예술가와 민중 예술가의 단순한 비교가 아니다. 직업적이고 전문적인 예술가가 선물의 예술을 창조해내지 못할 이유도 없고, 민중 예술가가 모두 소박하면서도 위대한 창조를 해낸다는 억지 논리도 아니다. 전문가가 아닐지라도, 그것이 아무리 규모와 수준면에서 소박하고 사소한 수제품에 불과할지라도, 진정한 예술의 잠재태가 될 수 있다는 것이다. 그 말을 뒤집으면, 어떤 전문적 예술 교육을 받은 직업 예술가라 하더라도 '예술 비슷한 것'을 만들어낼 수는 있지만 '진정한 예술'을 만들어내지 못할 수 있다는 비판이 가능해진다. 톨스토이는 예술의 감염성(感染性)을 이루는 세 가지 조건으로 감정의 독창성, 감정 표현의 방식, 전달하려는 감정을 체험하는 예술가의 성실성으로 꼽았다. 특히, 그 가운데에서도 세 번째인 예술가의 성실성이 가장 중요하다고 보았다. 민중 예술에는 이 성실성이 갖추어져 있으나, 예술가 한 사람의 욕심과 허영을 위해 만들어지는 상류 사회의 예술 속에는 이 성실성이 결여되어 있다는 것. 형식적 세련미와 규모에서는 월등히 민중 예술을 능가하는 상류 사회의 예술이라도 감정 체험의 성실성과 관계에서 비롯되는 진정성이 담기지 않을 수 있다. 반대로, 교육과 제도의 도움 없이 만들어진 장삼이사들의 창조물이 때로는 감정의 성실성으로 인해 감동을 불러일으키는 경우도 있다.

시인 신동엽의 시인론은 톨스토이의 예술론과 함께 음미할 만하다. 신동엽은 「詩人精神論」에서 현대문명의 분업화 경향을 신랄하게 비판하면서 그의 시인론을 시작한다. "오늘날 철학, 예술, 과학, 경제학, 정치, 종교, 문학 등은 인생에의 구심력(求心力)을 상실한 채 제각기 천만 개의 맹목기능자로 화하여 사방팔방 목적 없는 허공(虛空) 속을 흩어져 달아나고 있다." 문학 역시도 여타 영역과 다를 바 없다. 직업 명사화된 문학은 더욱 분가(分家)를 행하여 시업가, 소설업가, 평론업가의 명패를 발견할 수 있게 되었다는 것.

「詩人・歌人・詩業家」라는 글에서도 신동엽은 "철학교수는 있어도 철인(哲人)은 없다. 시업가(詩業家)는 있어도 시인(詩人)은 드물다."며 일갈한다. 현대인은 제각각 칸막이를 쳐 두고 분업가(分業家)로서 일한다. 이때 시인 역시 '언어상품(言語商品)'을 만드는 직업인과 다를 것이 없다면, 시인이 아니라 시업가로 칭해야 한다는 주장이다. 전통적인 가인(歌人)의 경우, "노래는 있어도 참여, 즉 자기와 이웃에의 인간적인 애정, 성실성이 결여되어 있다."고 비판한다. 바로 이것들이야말로 시인에게 기대할 만한 것들이라고 신동엽은 쓰고 있다. 톨스토이가 감정의 성실성을 예술가가 지녀야 할 최고의 덕목으로 꼽았다는 점에서 신동엽의 시인론과 상통한다.

신동엽은, 그리하여, '전경인(全耕人)'의 회복과 시인혼의 충전을 그 대안으로 내놓는다. 우리 시대 최고의 시란 어떤 것인가? 신동엽은 "인간이 가질 수 있는 모든 인식을 전체적으로 한 몸에 구현한 하나의 생명이 있어, 그의 생명으로 털어놓는 정신어린 이야기"(「시인정신론」)라고 답했다. 신동엽의 시인론은 특정한 개인을 향한 발화가 아니다. 그는 분명히 현대의 문명을 진단하고 있다고 스스로의 작업을 자각하고 있다. 그의 시인론은, 다른 모든 시인론이 그러하겠지만, 실제로는 불가능한 가능성이라는 의미에서 하나의 이상향이다. 그 까닭은 개개의 시인과 예술가의 역량 부족이나 노력의 미흡함으로 돌려서는 안 된다. 그의 시인론은 실제로는 문명 비판론이기 때문에, 그가 바라는 전경인적인 시인은 현대문명의 제 문제 탓에 실현되기 어려운 것이다. 그러면 그의 시인론은 쓸모없는 투덜거림에 불과한가?

그렇지 않다. 시업가가 직업적인 문필가에 불과하다면 신동엽이 생각하는 시인, 전경인적인 시인은 그와는 반대의 자리로부터 생각해볼 수 있을 것이다. 극단화된 현대문명의 문제로 인해 전경인의 출현이 불가능하다면, 적어도 바로 그것을 불가능하게 한 분업과 구획의 울타리를 뛰어넘는, 탈영토화하는 언어와 행동이 진정한 시인의 길이 될 터. 하여, 전경인의 길은 맹목기능인의 자리를 되돌아보는 자의 멈칫거리고 주저하는 몸짓으로부터 시작될 것이다. 시업가가 아닌 시인의 길 역시 시업가의 되돌아봄으로부터, 그리고 시업가가 아닌 자가, 다시 말해 시를 쓰지 않는 자라 할지라도 그가 전경인적 시인의 언어와 행동을 따를 때 시작된다. 예컨대, 시인 진은영이 말한 '지게꾼-되기의 시'(「한 진지한 시인의 고뇌에 대하여」)나 시인 심보선이 말한 '무식한 시인-되기의 시'(「'천사'에서 '무식한 시인'으로」)는 맹목적인 분업화로 인한 직업적 고착, 사회적 정체성, 감수성의 역할을 교란시키고 와해시킬 수 있다.

삶다운 삶의 예술

꽃은 어째서 아름다운가? 진화론의 관점에서 상상해보자면, 만개하는 꽃들의 풍경을 보고 우리는 맛좋고 유익한 과실을 기대할 수 있을 것이다. 그러기에 우리의 유전자에 각인된 프로그램은 꽃들을 보고 심리적 만족감을 느낄 것이다. 다르게 본다면, 어쩌면, 꽃이 활짝 피어난 곳은 햇볕과 온도와 토양이 적절해서, 헐벗고 굶주린 여린 인간들이 살기에도 매우 적당한 곳으로 여겨졌을 것이다. 진화론적 미학으로 본다면 꽃은 우리의 삶이 살만하다는 적응의 징표일 것이다. 그리하여 꽃은 아름다운 것으로 받아들여진다. 죽은 꽃이 아니라 살아 있는 꽃에 반응하는 것은, 오랜 세월에 걸쳐 만들어진 우리의 유전적 프로그램이 잘 작동하고 있다는 의미다.

하지만 화장실에 수줍게 피어있는 저 꽃들에 아름다움을 느낀다면, 그 아름다움의 의미는 다만 생물의 진화론적 메커니즘에 국한되는 것이 아니다. 인류의 먼 조상들이 꽃들에게서 말 그대로 직접적인 생존의 감각을 예민하게 감지했다면, 인류에게 주어졌던 세월의 힘으로 나는 이제 저 꽃들에게서 삶다운 삶의 감각을 느낀다. 꽃들을 다듬어 꽂아둔 손길은 생계를 잇는 본래 노동하는 자의 거친 손길이었으되, 노동의 무게로 짓눌려질 수 있는 삶의 존엄을 다듬는 섬세한 손길이 된다. 일하는 신체는 꽃을 다듬고 아름다움을 찾고 창조하는 예술적인 신체가 된다. 근면과 질서로 이루어지는 노동의 규율은 꽃을 대면하는 순간 아름다움과 여유로움을 채울 수 있는 시공간을 만들어내는 예술의 논리로 변모한다. 꽃들이 길바닥에 내버려지거나 쓰레기통 속으로 처박혀지는 운명으로부터 새 삶을 얻듯이, 꽃을 다듬는 손길은 그 자신을 예술가로 만들었다. 꽃을 보는 이들의 눈길마저도 심미적 삶으로, 삶다운 삶으로 변화시켰다. 저 꽃들은 예술이고, 미학적 사건이다.

그러나 이 사건은 타인에게 널리 나누어지기 위한 것이 아니다. 이것은 다만 사적 체험의 기록이며 그렇게 남아 있어야만 한다. 이 사건은 오로지 나만의 체험일 때 의미를 얻고, 그러므로 비로소 사건의 지위를 얻는 감각의 재분할이기 때문이다. 그런데 나는 이렇게 이 일에 대해 버젓이 글로 쓰고 있고 책에 싣기까지 함으로써 독자들에게 공감을 호소하고 있지 않은가. 그러나 이 글을 읽고 당신들이 이 경험의 의미를 받아들이고 심지어는 공감한다 해도 이 사건은 다만 나만의 고유한 체험일 뿐이다. 거듭 말해서 여기서 이 사건은, 그리고 이 글은 그 제한적인 한계 덕분에 감성의 전복적 사건이 되는 것이다. 당신들의 미적 체험은 다르게 발견되고 새롭게 발명되며 제각각 자신만의 언어로 기록될 것이다. 악취로 가득한 세상의 어느 쓰레기통에서 저마다의 꽃들을 찾아내고, 당신의 독특하고 유일한 꽃병을 만들어, 마침내 당신의 향기를 피어오르게 할 것이다.

가만히 두는 아름다움을 지지하는
시 쓰기의 역경!

문 동 만

이처럼 말이 많은 침묵은 보지 못했다. 이처럼 강력한 주장의 침묵은 보지 못했다. 아무리 생각해도 침묵이 금이라는 말 따위는 독재와 전체주의 시절의 입막음용 요설임이 분명하다. 말을 하자. 제발 말을 말 같이 하자. 얼핏 비치는 몇 년의 그림자가 암흑이다. 아니, 이건 그림자가 아니다. 말[言]이 죽어 나오는 검은 피다. 21세기 리더십이 피를 두려워하지 않는 공격성이라니! 죽은 피를 불러내는 주술이라니! 그러나 큰 하늘은 벌거벗은 그의 치부를 환히 비춘다. 차가운 침묵을 향해 우리는 돌을 던진다. 이것이 우리의 맨 마지막의 침묵이고 세상에 대한 사랑법 아니겠나.

    —「침묵의 은유를 악용하는 이에게」, 『리얼리스트100 뉴스레터』, 중에서

최근에 쓴 산문을 다시 내놓는다. 아마도 나와 이 세상의 정서적 긴장 상태를 가장 노골적으로 드러낸 글이리라 생각되어서다. 청탁은 詩論 비슷한 것이었지만 나는 자꾸 時論에 가까운 글이 써지고 있다. 어떤 대담에서 고백한 적이 있었다. 나는 요즘 (관조적이거나 목가적인) 서정

시가 쉽게 써지지 않는다고. 서사와 정념이 결여된 시들이 심심하다고. 내가 알던 민주주의에 대한 상식과 역사인식의 보편적 성취, 언어의 소명이 전부 다 반동화된 시대 상황과 무관치 않을 것이다. 역사가 나선형으로 진화한다는 말을 듣고 볼트와 너트의 모양을 한참 들여다본 적이 있다 나는 나사를 돌리거나 풀어줘야 밥을 벌고 이 생계를 기반으로 글을 쓰기도 하는데 여태껏 생존의 근거에 무심했구나 싶기도 했고 내가 볼트와 너트에 대한 시를 쓰면 나름의 서정시가 되지 않으려나? 내가 쓰고 있는 시는 한 대가리의 볼트만큼이라도 무언가를 지탱하는가? 따위의 공상을 하기도 하였다. 그러나 아직 너트와 볼트의 탐구를 마치지 못했다. 나선형의 진화는 불변의 진리가 될 것인가? 언젠가 거울에 비친 얼굴을 보며 쓴 시가 있었다. 햇볕에 노출되지 않는 공간에서의 노동은 내 얼굴을 희게 만들었다. 사람들은 항시 얼굴 좋네, 라고 말하곤 하였지만.

　　박쥐도 그랬을 것이다

　　희디흰 얼굴로
　　어둠의 생계를 꾸렸을 것이다.

　　사선(死線)이 된 평면에 발톱을 찍고
　　수직의 밥을 먹었을 것이다

　　끝까지 검어지지 않는 얼굴로
　　바닥을 천정이라 부르며
　　천정을 바닥이라 부르며

거꾸로 매달린 어둠을

한낮이라고 할 것이다

―「박쥐」, 『시와시』 2013년 봄호, 전문

우연히 아는 사내를 만났다

야근을 마치고 귀가하는 나보다 두어 살 많은 소방관

칠월의 타는 햇살 아래 그의 눈썹은

무엇에든 달관한 노인의 눈썹처럼

몇 가닥 허옇게 새어 뻗쳐 있었다

그는 보여줄 순 없지만 아래의 털들도

허옇게 새어가고 있다고 웃었다

우리가 털에 대한 이야기로 날밤을 샌다면

흰 털들이 몇 가닥 일어나 울어버릴 것만 같았다

하얀 밤이란 털이 새는 밤인지도 모를 일이었다

사내는 늙은 태를 나에게 남기고 주름진 집으로

돌아갔다 아무래도 밤낮을 바꿔 사는 사람들의

눈꺼풀에겐 다른 이름이 있을 것 같았다

아무도 교대해 주지 않는 시간

무너지지 말아야 할 스물네 시간을 더듬다보면

자잘한 저 눈주름이란 지친 원심력의 외상,

저 눈썹이란 지붕이자 처마 아래서

까만 눈동자들이 입을 벌렸고……

쉼 없이 어둠의 시간을 물어 바쳤으니

우리는 저렇게 늙어만 늙어만 간다

싱싱했던 검정을 잃고 흰빛의 가여움을 얻으며

털들만 분연히 자신의 생에 항거한다

—「눈썹과 눈꺼풀」, 『실천문학』 2013년 가을호, 전문

　'문학의 정치성'을 말할 때 압도적인 논거였던 랑시에르가 말한 '감각의 분할'은 한국 사회에서 별반 새로운 문학론이 되지 못한다, 고 외람되게 생각한 적이 있었다. 체제가 구획한 경계와 시선이 아닌 것들이 시이다, 라는 시론은 이미 이 바닥에서는 일반론 아닌가 싶었던 것이다. 이미 이런 이론이 공수되기 전에도 김수영과 신동엽이 이미 몸부림쳤거나 작품으로 수행했던 것 아닌가. 한마디로 본능적 시론 아니었을까. 물론 '배제된 자들이 주체화 되었는지' 하는 논제와는 무관하게 이 사회에서 '제대로 문학하는' 행위는 이미 법외적(체제 밖)수행일 수밖에 없기 때문이다. 이 사회의 49%의 시민은 51%가 지지한 대의적 권력에게(그나마 51%라는 수치조차도 심각히 부정하게 조작되어 만들어졌다) 법외화되어야 하는 존재들이다. 그들은 늘 이념 사냥의 목표물이며 모략되어도 무방한 존재들이다. 지지 세력의 배타적 단결을 끌어내고 권력 재창출을 위해서는 쉼 없이 번제물이 되어야 하는 존재들이다. 비용 부담 없이 지지 세력을 달래거나 추동하는 좋은 수단이다. 이런 것들은 일말의 법적 근거가 필요한데 그들은 초법을 합법으로 만드는 사법공장을 소유하고 있으며 이것은 언제나 용도변경이 가능한 가건물이라 해도 틀리지 않는다. 말 안 듣는 검사, 판사, 경찰은 찍어내리거나 순치시켰으며 순종하는 자들의 목은 기린처럼 길어졌다. 누군가 말했던 저강도 문화 통치랄까. 거대 미디어와 한통속이 되어 의도된 주술적 프레임을 만들고 사실을 비틀고 대중을 기만하는 방식으로. 그들은 자율에서 통제로! 광장에서 병영으로! 라는 슬로건 아래 시민이 국가의 종업원이 되길 염원하는 듯했다. 그러니까

그들은 가만히 두는 아름다움을 몰랐다. 애써 황무지를 가꿔 만든 초지에 철가시를 도포하는 식이었다. 나는 국토와 국가기관을 사적으로 소유하고 전횡하는 데 거리낌 없었던 이명박 정권 시절의 암담한 풍경을 이렇게 쓴 적이 있었다.

사십 년 만의 폭설이 부대끼며 공평하게 내린다

부대끼지 않고 공평하지 못하리라는 눈발의 전언을 읽는다,

지하철을 탄 나와 당신 사이의 행간에선 무력하고

우린 공생의 식은땀만 흘린다

출구에서 몰려나와 각각의 생활로

구전하러 흩뿌려지는 검은 눈사람들아

염화칼슘에 삭아 내리는 숫눈처럼

잠시 순수하게 빛나다 부식되고

녹아내리는 일을 생각한다

대통령 지지율이 54%라고도 하고

생활이 아무것도 나아진 게 없다는 사람들도

93% 라는데 수치와 수치 사이,

아이러니한 그래프에도 눈이 쌓이고

폭설이야 말로 어떤 더러운 길도 덮으며

덮을 뿐 조작하지 않는 충정으로 내린다

신문을 보면 신문을 버리고 싶고

마침내 세상은 더러워서 버릴 수 없다는 것도 안다

시린 발 동동 구르는 사람들과

사는 대로만 살아지는 내 궁상 사이에,

소소한 일만 하다가 소소하게 소멸되는 인생과

혼들리며 쌓이는 눈발 사이에,

와락, 치밀어 오르는

—「충정로에서」, 전문

4~5년 전에 쓴 시지만 묘하게도 지금과 유사한 시대적 상황이다. 정치적 모사꾼들을 메시아로 추종하는 나라라니……. 물론 이 아이러니가 반복되면서 정치적 괴로움을 주겠지만 착시적 수치들이 끝내 숫눈처럼 녹을 것임을 믿어야 한다. 문장의 눈은 역사의 눈이다. 예지란 모호한 희망이 아니라 수백 번 역사적으로 선험화된 확증이다. 시가 때로는 샤먼의 주술 같기도 하고 학문적 가설이 될 때도 있다. 문학의 논리성은 사회과학적 논리성을 포괄하여 압도하기 일쑤다. 가령 이런 문장은 어떤가.

세상은 또 바뀔 것이다. 반동 역시 오래 지속되지 못한다. 그들은 물어뜯기만 할 뿐 새로운 걸 만들어 내지 못한다.(루쉰)

나는 시론을 갖고 시를 써본 적이 없지만 이런 문장이 오늘의 변증법적 시론이 아닐까 싶다. 시는 경계를 두는 편식하는 장르가 아니라 생각했다. 감각되어지고 감정이 촉발되는 그 무엇이든 시로서 신생할 수 있다고 생각했다. 나는 읽은 책들을 오래 기억하지 못했다. 어렴풋한 이미지만 남고 텍스트는 사라지곤 하였다. 나이가 들수록 이러한 증상은 깊어졌다. 가끔 맘에 드는 문장들을 메모해 놨다가 쓸모도 없이 들여다 볼 때가 있었다. 산문은 주로 원고료가 없는 청탁이었거나 공무적 글쓰기에 가까웠다. 진영적 사고에 친숙하다는 건 알았지만 크게 개의치 않았다. 성찰이나 힐링이 유행인 시절에도 내면을 긁기보다는 이 세상의 거악들을 생각했다. 선명한 것들에 대한 의심이 적지 않았다. 강성(强性)의 언어보단 조곤조곤 건드리는 말들이 더 강력했다고 믿곤 했다. 오체투지나 단식투쟁보단 웃으며 떠드는 주장이 혹은 가만히 있는 침묵시위가 좋았다. 밥을 잘 먹고 열심히 운동을 해 체력을 기르는 것이 장기전에 좋다고 보았다. 일상성이나 지속성이 없는 선명함은 늘 노파심이 일었다. 운동이던 노동이던 꾸역꾸역 땀 흘리는 사람을, 진지하되 유머가 깊은 사람들을 좋아했다. 내외면이 크게 다르지 않은 사람들을 신망했다. 20대 중반 이후로 편협한 정파적인 관계에서 빠져 나왔다. 세계관이 넓어져서 좋았고 편견을 갖지 않고 사람을 볼 수 있어 좋았다.

대형서점이나 대형마트에 가는 걸 좋아하지 않는다. 그 공간은 묘한 열등감을 주었고 보고 싶은 책이 있으면 인터넷으로 책을 구해 읽었다. 내 공간이 아닌 듯해 도서관을 찾지도 않았다. 20대 이후로 지인들과 합평 회를 하지도 않았다. 글도 안 쓰는 사람들이 시를 헤집는 데 속으로 격분한 적이 있었다. 이른바 작가들이 남의 집을 빌어서라도 갖고 있다는 낡은 작업실도 없었으며 식구에게 이런 푸념을 했다가 핀잔만 들었다. 아이들과 컴퓨터 사용을 놓고 다투기도 했으나 올해부턴 내 책상이 생겼다. 물려받은 재산은 없었으나, 오랫동안 직장을 갖고 일가를 이뤄 그럭저럭 군색하지 않게 살고 있는 듯하다. 노동현장은 불가피한 삶의 유지 조건일 뿐이라는 생각, 내 생활태가 시인 같은 몰골이 아니라 직장인이나 공무원 같다는 말도 여러 번 들었다. 칭찬이었지만 쓸쓸한 인상비평이었다. 얼마 전에도 시 쓰기에 좌절한 적이 있었다. '익숙한 작법' 이라는 비평에 나는 고개를 숙이고 말았다. 절치부심하자고 작심하였으나 한동안 후벼 파일 것이다. 나는 쉽게 다쳤고 어떻게든 일어났다. 상처와 결핍이 나를 응전케 함을 알고 있다, 있다면 있는 오만을 부셔준다. 이렇듯 나에게 온 부정적 사태란 기실 긍정적 사태일 확률이 높다. 나는 지금 무수한 평범에 노출되어 있음을 고백하고 있다. 김수영의 말마따나 "독특한 시를 쓰려면 독특한 생활의 방식, 인식의 방법이 선행되어야 하는데" 거기에 나는 어떻게 인식하며 어떻게 쓸 것인가를 궁리해 봐야 하는데 하루 열 시간은 일에 매이고 밖의 일에 술에…… 미안하지만 보내 준 책도 쌓아놓기만 하고 일 년 동안이라도 책만 읽고 시만 쓰고 싶기도 하였다. 그러니까 나는 누구나처럼 살며 혹은 누구나처럼 살지 않는다. 같이 살지만 독거 중이거나 독학 중이거나.

목장갑 두 겹 끼고 걸레쪼가리에 석유를 묻혀서
모터의 겉살을 닦아 낸다
쇠의 속살은 푸르게 차갑다
그러나 나는 속살을 본 자, 산다는 게
이딴 걸레질이다, 걸레질이어야 한다
콧구멍에 검디 검은 코딱지다
먼지는 세계의 기원이자 우리의 생몰지다
평범한 물질일수록
단단한 지반을 품고 버릴 수 없는 서사를
코일처럼 감고 있다
그 뱃속은 늘 발화를 기다리고
이렇게 닦아봐야 안다
중심을 봐둬야 닦는 일을 안다
묵직한 전기가 통하자 저릿저릿한 구동을 일으킨다
낡은 것들이 더 세련된 기계음을 내며 척척척 박자를 맞춘다
불경한 운율이다 괴로운 운율이다
지지치도 않았던 운율이다

내 몸으로 옮겨진 때를 경건하고 외롭게 닦는다

검은 때를 밀며 존엄한 세계를 생각한다

—「녹의 중심」, 전문(미발표)

　시가 무엇을 성취해야 하나? 더 많은 독자들의 사랑을? 명망성을? 주류와 엘리트로부터의 인정을? 시조차 속물성에 포획될 때 그야말로 마지막 남은 서정의 저지선이 무너질 것이다. 시인은 시를 성취하고자 할 뿐이다. 시인이 소수자 되기를 불안해 할 때 시는 외로워 할 것이다. 어느 체제가 닥쳐도 몸과 마음이 무탈한 시인이 시인이겠는가? 최소한 마음이라도 앓아야 하고 마음은 문장으로 옮겨지는 것이 인지상정일터다. 어떤 문학상을 받아도 문학적 영광이 된다 생각한다면 그가 시인이겠는가? 졸렬하게도 시인은 어쩔 수 없이 시라는 진검을 놓고 시인과 싸우는 존재들이다. 시인이 말해야 하는 자유는 광활한 관용이 아니라 박애적 편견이며 양심의 편견일터다. 나는 알고 있었다. 조근조근 양심껏 말하는 것들이 외로운 내간체가 될 것임을. 그러나 그것이 위로와 고양의 힘을 가질 것임을. 우리가 타인의 마음에 들게 살아야 하는 사람이 아니듯 시도 그러할 것이다.

　시의 '등'을 보리라 생각했다. 가족들에게 상처 주는 무기력한 가장이 아니라 노동으로 떳떳한 밥을 벌며 글 쓰자는, 속 편한 길을 제 길로 알고 살았다. 詩만을 위한 백천간두진일보의 자세가 아니라 시와 생활, 어떤 것도 포기하지 않는 양겹의 배수진 같은 거였다. 또한 더불어 홀로 쓰자는 일에 여태껏 매달렸다. 당신들은 만나고 무언가를 도모하고 그러다 일에 지쳐 병도 나 보고 관계가 맺어지기도 하고 소원해지기도 하였지만. 단독자가 주는 매력을 모르지 않지만 그럼에도 아직은 무리가 싫지 않다. 이 또한 나의 낡음일 게다. 패거리가 사익을 전제한 부정적 의미의 집합이라면 공동체는 어떤 공공선의 도모를 목표로 한다. 얼마든지 떠날 수 있고 속박하지 않는다. 개인의 자유의지를 소외시키지 않으며 다만 묶어내고 확장하려 애쓸 뿐이라고 나는 믿는다. 그러나 마음이 달라질 날이 올 수 있음을. 나는 그 순간의 마음도 오늘의 마음도 아낄 것이다.

우리는 등을 밀어주었다

닿지 않는 등허리 한복판만큼
쉬 벗겨지지 않는 내밀한 허물
거기서 우리는 뒤틀린 등짝과 엉덩이와
언뜻 거울에 비치는 까칠한 턱을 보았다

우리는 때가 밀리는 같은 병(病)
앓았기에 누구도 부르지 않고
서로의 등을 밀었다

묵묵한 등을 보면 알 수 있다
등이 인간의 맨 얼굴이란 걸

사람들의 몸에서 이끼 냄새가 났다
아마도 인간의 첫 수원지(水源池)에서 자라난
건강한 이끼일 것이다

— 「등」, 『그네』(창비), 전문

언어가 무엇을 싣고 오는지를 묻지 않은 채, 그것을 새물결이라 명명하기도 하는 걸 들었다. 이런 류의 새로움에 대한 강박은 기형적인 시의 키를 요구하는 것과 유사하지 않은가. 땡볕과 그늘을 먹지 않은 자 없겠으나 서사의 나이테가 보여지지 않는 시들의 허우대는 싱겁다. 어떤 시인도 자신의 삶과 시가 한계이며 거꾸로 자신의 앎과 삶이 시의 가능성이다. 판단컨대 새로운 언어만은 언제나 창조 가능하다. 심지어 공장에서 만들 수도 있으리라. 그러므로 내가 아는 시론은 시인론이다. 시와 사람의 한 몸이다. 그것은 타의의 주문으로 제조되는 것이 아니라 스스로 탄생되는 것이리라. 어떤 시인은 단호하게 '자신이 쓴 시조차 모방하지 않겠다' 고 했지만 그럴만한 자신은 없다. 우리는 관계로부터 빚진 자들이며 나로부터 빚진 자이며 시는 관계와 사물의 체액에서 -고통 속에 쟁여놓은 꿀 같은 채집물을 얻는 일이 아닐까.

귀 먹은 엄니 마늘을 까네

나랑은 놀아주지도 않고

내 말은 몰라라 하며

마늘만 까네

나는 에잇 마늘보다 못한 자식 하고

마늘껍질 같이 얇은

서러운 귀 한 쪽을

마늘처럼 까서 창 쪽에 두며

빗소리를 듣네

이 캄캄하고 아린 마늘 냄새가

아니던 그 때의 비좁은 동굴 속에서

새끼곰으로 뒹굴던 핏줄들을 생각하네

작은 몸들이 등을 대고 긁어주며

눕던 작은 방

마늘 냄새가 아니었던

엄니의 젖냄새와 아버지의 담뱃진 냄새

누이들의 사탕냄새……를

허물어진 점자처럼 읽네

사라지고 조금씩 사라지고

마지막에 피워 둔

향 같은 마늘냄새를

읽네

—「마늘」, 전문(미발표)

　　시인을 어떤 존재로 발견할 것인가. 어떻게 자신의 정념으로 온몸을 구축할 것인가? 아, 나는 아직 발견되지 않았다고 쓰겠다. 당신들처럼, 우리는 발견되지 않은 가능성이다, 진화 중인, 진화해야 하는 미래라고 쓰겠다. 사는 대로 살다가 쓰는 대로 쓰다가 사라진다고 쓰겠다. 말머리와 말꼬리를 동일시 해보려는 못난 추적자들이라고 쓰겠다. 황당하겠지만 나는 '다름'에 적의가 있다. 누군가를 거세하고도 쾌락에 전력투구한 더러운 뼈다귀들에게. 말머리와 말꼬리가 다른 거대한 송곳니에게. 나는 적의의 행진을. 적의의 눈길을. 적의의 기표들을 찾아볼 것이다. "석양 大統領이라고 하는 직함을 가진 신사가 자전거 꽁무니에 막걸리병을 싣고 삼십리 시골길 시인의 집을 놀러가더란다". 이러한 시적 앙망은 내부 민주주의 확립과 노동의 가치 인정이 없다면 불가능한 현시일 것이다. 바로 생명이 반생명을, 비자본적인 것이 자본의 가해적 요소들을 밀어내고 대지를 압도한 상황에나 출현하는 현시일 것이다. 혁명이란 말은 너무 거대하고, 나는 이를 가만히 두는 아름다움에 대한 지지라고 말하고 싶다. 온전한 생명이야말로 시의 궁극.

우리는 가만히 두는 아름다움을 지지하기 위해 누군가를 혐오해야 한다.
혐오의 뒷면에 가만히 있는 떨고 있는 아름다움이 있을 것이다.

   그 자(녀)의 말꼬리를 찾는다.

   말머리와 말꼬리가 자주 다른 까닭이다

   유독 말이라는 문명은

   안과 밖이 같아야 하는 것이고

   머리와 꼬리도 한 형상인 것이어서

   어떤 위장을 하더라도 금세 표가 나곤 하였다

   침묵이라는 거대한 표시

   침묵이라는 비열한 주장

   꼬리에서 출발해 여태껏 소화되지 않는

   말들의 내장과 부조리한 식도를 거쳐

   최초의 발화지인 입과

   그 머릿속까지 쫓는 것이다.

   그러며 말의 빚쟁이처럼

   득달을 하는 것이다

   잘 못 싸놓은 네 말꼬리

   잘 못 먹은 네 말머리를!

   똑같이 똑 같이 붙여 놓거라

—「파수의 시」, 전문(미발표)

아파트 부지를 파헤치다 무덤 수백 기가 드러났다

환관 내시들의 무덤이라고 추측되었다

그들은 거세되었지만 발굴되었다

거세의 권능을 지녔던

왕의 성기는 어디에서도 발굴되지 않았다

그러니까 저 떼무덤은 낙관은 징표

단절되지 않는 王은 없다고

모든 뼈다귀들은 똑 같다고

—「환관의 무덤」, 『그네』, 부분

이야기 구연을 통한 공동체의 재구성, 그리고 융합적 인간의 발견

윤인선

잊혀져가는 무릎의 회귀

우리는 손 안에서 모든 것을 해결할 수 있는 시대에 살고 있다. 흔히 말하는 유비쿼터스, 스마트워크와 같은 최첨단의 기술들은 일, 공부, 여가, 심지어는 인간관계의 메커니즘인 대화까지도 누구의 도움도 없이 혼자 해결할 수 있도록 만들었다. 이야기 역시 예외는 아니었다. 전자책(e-book)을 비롯한 다양한 매체들이 이러한 고립적인 흐름을 가속화시켰다. 그러면서 어른들뿐만 아니라 아이들도 반짝이는 디지털 화면을 통해 이야기를 듣는다. 아니, 정확히 말하면 이야기를 본다. 하지만 새로운 흐름은 기존에 있던 것을 잊혀져가게 만들곤 한다. 곰곰이 생각해 보면 필자의 어린 시절 이야기는 지금처럼 혼자 '보는 것'이 아닌 사랑방에 둘러 앉아 할머니의 무릎을 베고 '듣는 것'이었다.

할머니의 무릎은 단지 이야기를 듣는 유희의 장소만은 아니었다. 전래동화와 같은 옛 이야기와 함께 삶의 경험과 지혜, 함께 하는 사람들 사이의 윤리, 우리 민속이나 전통과 같은 공동체의 가치를 전해주는 교육의 장소였

현대의 이야기 구연 현장 : 유능한 화자는 옆에 놓인 전래동화의 내용을 효과적으로 전달한다. 하지만 그 외의 기능은 찾아 볼 수 없다. 그래서 이야기 구연 현장에서 마치 수업에 참여하듯 앉아 있는 아이들의 모습이 보인다.

다. 뿐만 아니라, 무릎에서 느낄 수 있는 따스한 체온이 덤으로 주어지는 정서적 장소이기도 했다. 다시 말해, 할머니의 무릎은 아이들에게는 '공동체의 가치를 배우고, 이를 통해 공동체적 삶을 시작할 수 있도록 도와주는 상징적 장소'였던 것이다. 하지만 할머니의 무릎을 베고 혹은 여러 친구들이 함께 모여 앉아 옛 이야기를 듣는 모습은 이미 상상 속에서나 존재하게 되었다.

이러한 모습은 사회 속에서 공동체의 성격이 변화하는 것과 흐름을 같이 하며 사라져 갔다. 사회학자 퇴니스(F. Tönnies)는 이를 자연적으로 생성되어 고의성이 없는 본질의지에 입각한 전통적 공동체인 공동사회(Gemeinschaft)에서, 인위적으로 생성되고 합리적 의지에 따라 결합하는 현대적 공동체인 이익사회(Gesellschaft)로의 변화로 설명한다. 그리고 이 속에서 할머니의 무릎이 담당하던 다양한 역할은 다른 사회 기관들이 나누어 맡게 되었다. 따라서 비록 현대 사회에서도 이야기꾼들에 의한 이야기 구연은 남아 있지만, 할머니 무릎에서 느낄 수 있었던 전통적인 공동체의 성격은 사라졌다. 즉 '삶의 경험'이 묻어나는 전통적인 이야기 '공동체'는 사라지고 '이야기'를 중심으로 '구연 현장'만이 존재하게 된 것이다.

분명 아이들은 예전보다 더욱 세련되고 재미있는 이야기를 들을 수 있게 되었다. 하지만 둥글게 둘러 앉아 서로 간에 정을 나누고 그 과정에서 이야기와 함께 전통적인 가치를 배우고, 또 공동체를 형성할 수 있는 기회는 점점 사라져가게 되었다.

하지만 최근 들어 이야기의 가치가 재조명 받으면서 사회 일각에서 이야기판과 그것을 바탕으로 한 가치들을 '복원'하려는 움직임이 일어나고 있다. 특히 전국에 설립된 기적의 도서관을 비롯한 지역 어린이 도서관을 중심으로, 해당 지역의 어르신들을 통해 아이들에게 전래동화를 구연하게 하는 이야기판이 조직되고 있다. 그리고 그 과정에서 새로운 이야기 문화가 나타나고 있다. 다시 말해, 옛 이야기의 내용이 지니고 있는 의미를 전달할 뿐만 아니라, 어르신들과 아이들의 상호작용을 통해 나타나는 정서적 가치와 더불어 그들이 경험한 전통 문화와 역사 그리고 기억들을 아이들과 소통하기 위한 활동들이 나타나고 있는 것이다. 이를 통해 잊혀져가던 할머니의 무릎이 지니고 있던 전통적인 공동체의 성격을 복원하려 하고 있다. 필자는 이러한 움직임에 주목하여 최근 옛 이야기를 중심으로 '재구성된 공동체'에 관해 살펴보며, 이를 민족지적 에세이(ethnographical essay)로 기술해 보려 한다. 민족지란 오랜 기간의 참여·관찰과 인터뷰를 바탕으로 한 인류학적 글쓰기의 한 방법론이다. 필자는 이러한 관점을 바탕으로 제천 기적의 도서관의 동아리 '호랑이 담뱃대'에서 나타나고 있는 재구성 공동체에 대한 참여 관찰과 인터뷰, 그리고 함께 활동을 진행하는 과정을 통해 그 모습에 관해 살펴볼 것이다.

'호랑이담뱃대'는 <책 읽는 사회 문화재단>에서 설립한 제천 기적의 도서관에 소속된 할아버지 할머니 동아리이다. 이들은 정기적으로 매주 토요일과 일요일 3시 도서관 외부에 별도로 마련된 사랑방에서 이야기를 구연하고 있으며, 이외에도 '도서관에서 1박 2일', '천렵', '짚공예' 등의 활동과 6월의 쑥 개떡 만들기 12월의 동지 팥죽 쑤기와 같은 다양한 도서관 프로그램에 주체 혹은 조력자로 참여하고 있다.

이야기 공동체의 '재'구성

잊혀져가는 할머니의 무릎을 복원하려는 움직임은 이야기가 구연되는 맥락과 그것에 연계되는 다양한 활동을 통해 나타나고 있다. 이러한 활동을 전개하기 위해서는 물리적인 장소가 전제되어야 한다. '호랑이담뱃대'는 과거에 존재하는 이야기판의 모습과 동일한 형태로 이를 재구성해 놓았다. 다시 말해, 비록 가정집이 아닌 도서관일지라도 예전 할머니 할아버지들이 아이들에게 이야기를 구연하던 현장인 사랑방과 유사한 모습으로 재현해 놓고 있다.

하지만 재현(representation)은 단순한 형태의 모방으로만 가능한 것은 아니다. 허천(Hutcheon)이 논의했듯이, "재현은 단순한 형태의 모방을 넘어서 새로운 의미의 의사소통을 가능하게 해주는 기호들을 보낼 수 있게 되는 행위"이다. 따라서 재현이 진행되는 공간을 구성하는 다양한 주체들의 의사소통을 통한 상호작용에 의해 '새로운 의미'가 구성되는 것이다. 다시 말해, 공간의 의미는 물리적 실재의 유사성에 의해 규정되는 것이 아니라, 실재를 구성하는 주체들이 지닌 담론 간의 상호작용을 통해 '생성'되는 것이다. 따라서 이야기 구연이 진행되는 사랑방의 형성에 관여하는 담론들을 통해 재구성된 이야기판의 모습에 관해 생각해 볼 필요가 있다. 여기에는 제천 기적의 도서관의 담론과, '호랑이담뱃대'를 조직한 국문학박사의 담론, 활

제천 기적의 도서관의 한쪽 모퉁이에는 이처럼 황토로 지어진 사랑방이 존재한다. 그리고
이 안에서 옛 이야기 구연을 중심으로 한 다양한 활동들이 나타나고 있다.

동의 주체인 '호랑이담뱃대' 어르신들의 담론이 존재한다.

　먼저 <제천 기적의 도서관>(이하 도서관)의 담론에 관해 생각해 보자. 도서관은 '아이들에게 책과 함께 문화를 교육하자는 취지'에서 개관하였다. 따라서 단순히 책을 대출해 주고 읽을 수 있는 공간을 제공해 주는 역할을 넘어서, 아이들에게 문화를 향유할 수 있게 하는 다양한 체험 프로그램을 제공하고 있다. 이는 이야기 구연과 관련되어 나타날 수 있는 활동의 내용과 범위에 대한 틀을 제공한다. 또한 '호랑이 담뱃대' 어르신들이 시청이나 문화 회관과 같은 다른 공간이 아닌 도서관에서 이야기를 구연하고 다양한 활동을 전개하는 이유와도 직접적인 연관성을 지니고 있다. 이러한 도서관의 활동은 다음과 같은 창립 취지문을 바탕으로 기획되어진다.

　1. 이 나라의 모든 어린이는 밝게, 바르게, 자유롭게 자랄 권리를 갖습니다.
　2. '기적의 도서관'은 책의 세계가 펼쳐 주는 무한한 상상과 창조의 나라로 아이들을 초대합니다.
　3. '기적의 도서관'은 우리 어린이들이 정말 올바른 생각을 가진 어른으로 성장할 수 있도록 돕고자 합니다.
　4. '기적의 도서관'은 어린이들이 자기 고장의 문화와 역사에 긍지를 가질 수 있도록 돕고자 합니다.

—<제천 기적의 도서관> 창립 취지문

　도서관의 담론을 바탕으로 한 이야기 구연과 활동은 이상의 창립 취지문이 규정하는 범위 안에서 나타날 수 있게 되는 것이다. 특히 도서관은 "어린이들이 자기 고장의 문화와 역사에 긍지를 가질 수 있도록 돕고자 한다"는 4번 항목이 지역 어르신들에 의해 실현될 수 있을 가능성에 주목했다. 이는 도서관을 운영하는 관장과의 대화를 통해 확인할 수 있다.

"처음 도서관에 와서 어르신들이 있어서 좋았지. 지금 애들은 옛날 거를
잘 모르잖아. 그래도 어르신들이 있으니까 그걸 알려주고 저기 나가 보면
원두막 있고 이야기 해주는 사랑방 있잖아 그거 다 어르신들이 만든 거야,
그런 걸 애들한테 알려주니까 나야 좋지. 나도 여기 사람이 아니라 잘 모르는데,
어른들은 빠삭하니 잘 알고 또 얼마나 잘 하시겠어."

—'도서관장과의 인터뷰', 中

도서관은 이야기를 구연하는 어르신들을 지역 문화와 역사, 그리고 우리
네 전통과 민속을 잘 알고 있으며, 누구보다도 아이들에게 효과적으로 전달
할 수 있는 존재로 인식하고 있다. 그리고 그들을 통해서 도서관의 창립
취지에 도달할 수 있는 가능성을 발견했을 것이며, 이를 위해 이야기 구연의
물리적 공간인 사랑방을 도서관 안에 만들도록 협조했을 것이다. 따라서
'호랑이 담뱃대'가 참여하는 도서관 행사인 '자장가 부르기'와 '짚공예',
'천렵'과 '전쟁 이야기'와 같은 지역의 역사와 문화, 민속을 바탕으로 한
다양한 활동들은 이런 맥락 안에서 이해할 수 있다.

다음으로 '호랑이 담뱃대'를 조직하여 이야기 구연을 시작한 국문학박사
의 담론(이하 문학박사)이 존재한다. 이 담론은 아이들에게 이야기를 구연
해야 하는 목적과 이를 수용하여 동아리에 참여한 어르신들과 관련되는
것이기에 중요한 의미를 지니고 있다. 국문학 중 고전문학 특히 설화로
박사 학위를 받은 그는 제천 일대 노인대학에서 옛 이야기의 중요성에
관해 강의해 왔으며, 그때 맺은 인연을 중심으로 '호랑이 담뱃대'를 조직하
게 되었다. 그는 강의를 통해 옛 이야기의 중요성을 다음과 같이 제시하고
있다.

1. 듣기 능력과 이해력의 향상

2. 공동체 구성원의 자질 함양

3. 자아성장의 밑거름

4. 올바른 가치관 형성

5. 문학적 감수성

6. 우리 문화에 대한 이해

—노인대학 강의자료 「옛날이야기의 중요성과 이야기 들려주기」, 中

옛 이야기 구연의 중요성에 대한 교육을 바탕으로, 그것을 실현하기 위해 '호랑이 담뱃대'가 처음으로 구성되었다. 따라서 어르신들의 도서관 동아리 활동을 이야기 구연을 중심으로 만들어 준 것은 이러한 문학박사에 의한 것이라고 할 수 있다. 또한 그의 담론은 우리 문화의 이해에 대한 도서관 담론과의 교집합을 통해 제천 지역의 다른 기관이 아닌 도서관 내의 사랑방에 자연스럽게 자리 잡으며, 이야기 구연과 그와 연관된 다양한 활동들이 가능하게 했을 것이다. 다시 말해, 앞서 살펴본 도서관의 담론이 지역 사회에서 다양한 전통 공동체적 활동을 가능하게 하는 역할을 했다면, 어린이들에게 제공되는 이러한 활동이 이야기 구연에 초점을 두어 조직되는 것은 문학박사의 영향에 의한 것으로 볼 수 있다. 그리고 두 담론을 통해 사랑방 안에서의 활동이 이야기를 바탕으로 한 전통 문화의 이해와 소통에 초점이 맞춰질 수 있게 된 것이다. 따라서 '호랑이담뱃대'의 활동은 단순히 도서관의 어르신 동아리의 의미를 넘어서, 이야기 구연을 중심으로 한 다양한 활동을 전개할 수 있게 되는 것이다.

끝으로 이야기 구연의 실질적인 화자인 '호랑이 담뱃대' 구성원들(이하 어르신)의 담론 역시 생각해 볼 수 있다. 어르신들이 모두 이야기 구연에 참여하는 것은 아니다. 일부 어르신들은 이야기 구연에 부담을 느껴 짚공예나 자장가 부르기 혹은 천렵과 같은 활동에만 참여하는 경우도 있다. 그럼에도 불구하고 이들이 '호랑이 담뱃대'로 함께 모일 수 있는 이유는 그들 스스로가 동아리와 그 활동을 인식하는 방식 때문일 것이다. 이는 어르신들과의 인터뷰를 통해 확인할 수 있다.

> (여기 나오시면서 제일 좋은 게 뭐예요?) 나야 뭐 여기 오기 전에 저기 복지회관에서 탁구도 치고 그랬거든. 근데 여기 오니까 잼있는 사람들도 많고 뭔가 내가 노는 게 아니라 의미 있는 일을 하고 있는 거 같잖아. 내가 원래 녹십자에도 나가서 풀 뽑는 거, 응 봉사활동도 하고 그랬는데 여기서는 내가 그것보다 더 좋은 거 하잖아. 그래서 나 요즘은 어디 가서 내 소개하라고 하는데, 나 저기 기적의 도서관에서 호랑이담뱃대에서 옛날 이야기하는 사람입니다. 그렇게 말을 했어.
>
> —'호랑이 담뱃대' 신영희(69) 어르신과의 인터뷰, 中

위 인터뷰에서 확인할 수 있듯이, 어르신들은 사랑방에서의 활동이 시간을 낭비하며 노는 일이 아닌 개인적으로 혹은 지역적으로 '의미 있는 일'을 하는 것이기에 꾸준히 참여한다고 한다. 설령 '호랑이담뱃대'의 활동이 재미있어서 참여한다고 하는 어르신의 경우에도 단순한 순간적인 재미만이 아닌 이런 활동을 통해 노년 이후의 시간을 낭비하지 않는 것으로 인식하고 있기에 참여하는 것이다. 따라서 어르신들은 이야기 구연을 중심으로 한 다양한 활동들을 자신의 존재를 위한 의미 있는 일로 인식하고 참여하는 것이다. 다시 말해, 이러한 활동을 통해 어르신들은 사회에서 은퇴한 잉여적인 존재가 아닌 자신이 지닌 재능을 통해, 그리고 재능을 계발하며 사회적, 개인적으로 의미 있는 활동을 하는 존재로서 자기-정체성에 대한 인식을 형성해 나가고 있는 것이다.

이처럼 기적의 도서관에 만들어진 사랑방을 둘러싼 주체들에 의해 사랑 방에서 진행되는 활동의 방향과 의미가 구성되고 있다. 다시 말해, 사랑방에 서의 활동을 둘러싼 도서관의 담론은 우리 고장의 문화와 전통에 관한 이야기가 구연되어야 하며 그것과 연관된 다양한 활동들의 방향성을 '호랑 이담뱃대'에 제공한다. 또한 문학박사의 담론을 통해 '호랑이담뱃대'는 아 이들에 대한 이야기 구연 자체의 중요성을 인식하고 어린이 도서관이라는 공간의 맥락 안에서 자신들의 활동을 이야기를 중심으로 전개해 나가게 된다. 이때 문학박사와 도서관의 담론 중 서로 교집합을 이루고 있는 어린이 의 정서적 함양이나 전통 문화나 민속에 관한 부분 등이 이야기 구연뿐만 아니라 그와 연관된 다양한 외적 활동의 전개 가능성을 열어주고 있는 것이다. 그리고 '호랑이담뱃대' 화자들은 이러한 활동에 자신들이 의미 있는 일에 참여하는 것이라는 자부심을 지니고 적극적으로 참여하게 되는 것이다.

이야기 속의 '공동체' 그리고 공동체 속의 '이야기'

다시 만들어진 사랑방에서는 그것을 둘러싼 주체들의 담론을 통해 이야 기 구연을 비롯한 다양한 활동들이 나타난다. 그렇다면, 이러한 활동의 흔적들은 이야기 속에서 어떻게 나타나게 되는 것일까? 그리고 아이들은 어떠한 형태로 경험을 하게 되는 것일까? 다시 말해, 이야기 속에서 어떻게 그리고 어떠한 전통 공동체의 모습이 복원되고 소통되어지는 것일까? 아울 러 이야기를 통해 복원되어 나타나는 전통적 공동체의 모습은 어떻게 그리 고 어떠한 활동들을 통해 실현되는 것일까? 다시 말해, 이야기에 나타난 가치들은 어떻게 실현되고 있는 것일까? 이러한 두 가지 모습에 대해서 사랑방에서 일어나는 구체적인 활동을 통해 생각해 보겠다

사랑방 안에서 이야기가 구연되는 장면: 앞서 살펴 본 현대적인 모습과는 많은 부분에서 차이를 보인다. 우선 아이들과 화자의 물리적인 거리가 가까워 상호작용이 활발하게 일어난다. 그래서 아이들은 학교에서 수업을 듣는 것과 같은 양상이 아닌, 놀이하는 모습으로 이야기 구연에 참여한다.

1) 이야기 속 '공동체'

사랑방 안에서는 일주일에 한 번씩 정해진 시간에 할아버지, 할머니들에 의해서 옛 이야기가 구연된다. 이때 이야기 구연은 앞서 사진으로 살펴 본 현대적인 모습과는 조금 다른 양상으로 나타난다.

먼저 '호랑이 담뱃대' 어르신들은 이야기를 구연하기 전에 아이들에게 다음과 같은 말을 건넨다.

> (시작하며) 총각 일루 앞으로 와. 아우 (성민아 이거) 아우~아이구 이거
> 장난감이네. 아 저 우리 어린이들이 할아버지는, 여기가 무슨 도서관이야?
> (기적의 도서관이요) 응 맞아 기적의 도서관에 소속되어 있는 호랑이담뱃대
> 이야기 동아리 할아버지야. 우리 이야기 동아리 할아버지들은 우리 어린이들

을 무척 무척 사랑하고 좋아해서 이런 얘기를 시작하는 거야. 그래서 우리 어린이들이 눈이 똘망똘망한 어린이들을 보면 얼마나 반갑고 우리 손자 소녀 딸 같이 이쁘고 사랑하고 그러는 거야. 그래서 할아버지들은 기적의 도서관에 소속되어 있는 이러한 간판을 걸고 여러분하고 같이 모이게 된 거야. 이것도 좋은 인연이지. 옛날에 불교에서 사람이 지나갈 때 옷깃을 스쳐도 하나의 인연이라고 생각해. 그래서 오늘 우리 어린이하고 우리 할아버지와 만난 것도 좋은 인연이야 그지? 어 일루와 일루와 어~ 여기 앞에 앉아 앞에 앞에 앉아. 우리 꼬마들 오느라 혼났네. 그래 앉아 앉아. 앉아봐 (틀 짜기) 이제 본격적으로 애기할 거야.

(마치며) 이야기는 이걸로 끝을 맺습니다. 불도 나가고 그래서 이야기는 끝이고 매주 토요일 날 일요일 날 세시에 여러분을 사랑하는 호랑이담뱃대 이야기 동아리 할머니 할아버지들이 여러분한테 애길하니까 꼭 잊지 말고 세 시에 와 주시길 바랍니다. 고맙습니다. 우리 박수 한 번 칠까요? 불이 나가서 요 도서관에 들어가요. 고마워요. (감사합니다. 안녕히 계세요)
—'호랑이 담뱃대'의 이야기 구연의 시작과 끝 부분

어르신들은 이야기의 내용만을 구연하는 것이 아니라, 왜 이러한 활동을 하는지를 아이들에게 전달해주고 있다. 다시 말해, 이야기를 시작하며 '여러분을 사랑하고 함께하고 싶어서' 그리고 마치며 '함께 해줘서 고맙다' 라는 말을 건네며 자신들의 활동에 대한 의미를 전달하는 것과 동시에 할머니의 무릎이 전해주는 따스한 체온과 같은 정서적인 양상을 아이들에게 소통하려 하고 있다. 이러한 모습은 이야기를 구연하는 과정에서도 나타난다.

그 총각이 떠꺼머리 총각이 아주 얼굴도 보니까 똑똑하고 사람을 보면은
눈을 보면은 눈이 반짝반짝 하면은 (앞에 앉아 있는 아이들은 안아주면서)
아~ 요 친구 똑똑해, 요 아가씨 똑똑해, 이렇게 하잖아. 그지? 눈이 반짝반짝
하면. 그런데 그 보니까 괜찮아. 그래서 야 그럼 니 이름이 뭐냐 이렇게 제
이름은 돌쇠예요

—'호랑이 담뱃대'의 이야기 구연, 中

'호랑이 담뱃대' 어르신들은 비록 유능한 이야기꾼에 비해 화려하게 이야
기를 전달하지는 못할지라도, 구연하는 과정에서 최대한 아이들과 소통하
고 상호작용을 이끌어 내려고 노력하고 있다. 특히 아이들에게 "똑똑해요"
"눈이 반짝반짝 해서"와 같은 상황에 맞는 칭찬을 통해 친밀함을 소통하려
한다. 이를 통해 이야기를 구연하는 과정에서 사람과 사람 사이의 따뜻한
소통을 바탕으로 한 정서적 가치를 구연하고 있는 것이다.

이때 앞서 살펴 본 주체들이 형성한 틀에 의해 사랑방에서 구연될 수
있는 이야기에는 특정한 방향성이 나타난다. '호랑이 담뱃대'의 어르신들
중 처음부터 이야기 구연에 익숙한 경우는 거의 찾아 볼 수 없었다. 대부분이
노인대학 강의를 통해 모인 후 연습한 경우이기 때문에 구연할 수 있는
설화의 종류나 경험에 있어 한계를 보인다. 따라서 그들은 자신들이 실제로
들었던 이야기를 구연하기보다는 도서관에 존재하는 전래동화의 독자에서
화자로의 전환을 통해 구연에 참여한다. 즉, 이들은 기술된 것을 보고 구술하
는 것이라고 할 수 있다. 이들이 참조하는 대부분의 책들은 구전되었던
설화가 정착된 형태이다. 전통적인 화자들의 이야기 발화는 '구술 → 구술'
의 과정을 거치는 반면, 이들은 '구술 → 기술 → 구술'로의 차이를 보인다.
그리고 그 과정에서 도서관에 있는 모든 책이 아닌 아이들이 이해하기
쉽고, 가능한 우리 전통이나 옛 모습이 잘 나타나 있는 전래동화를 선택하게

된다. 다시 말해, 자신들의 삶의 경험이나 생각을 자유롭게 이야기하는 것이 아니라, 도서관이라는 공간이 한정해 주는 범위 안에서 아이들이 이해하기 쉽고, 지역 문화와 전통이 잘 나타나 있는 전래동화를 선택하여 구연하게 되는 것이다.

1주	토요일	김 진사의 사위가 된 돌쇠
	일요일	딸랑쇠 이야기
2주	토요일	이야기 주머니 이야기
	일요일	줄줄이 꿴 호랑이
3주	토요일	재주꾼 오형제
	일요일	옴두꺼비 장가가 이야기
4주	토요일	떡보 먹보 호랑이
	일요일	어처구니 이야기

필자가 참여 관찰한 기간 중에서 진행되었던 이야기 구연 목록

이야기 구연 목록에서 확인할 수 있듯이, 비록 전래동화와 비슷한 주제를 다루고 있거나 아이들의 관심을 끌 수 있는 충분한 요소가 들어있을지라도 창작 동화는 이야기 구연 대상에서 배제된다. 그리고 전통적인 혼례의 모습이 잘 나타난 '이야기 주머니 이야기'와 '김 진사의 사위가 된 돌쇠의 이야기', 어처구니나 손 없는 날과 같은 민속에 대한 모습이 나타나 있는 '어처구니 이야기'와 같은 것들이 선택되어지는 것이다. 그리고 이야기를 구연하는 과정에서 어르신들은 내용이 어렵지는 않은지, 아이들의 흥미에 맞는 것인지 등을 고민하며, 아이들의 이해도를 끊임없이 고려하는 모습을 찾아 볼 수 있다.

"지금까지 살고 있다고 그러나 어제 죽었다고 그랬나? 이것으로 오늘의 이야기는 마치겠습니다. (수고하였습니다.) 근데 이거 내용이 조금 어려운거 아닌가 몰라. 오늘 어린 애들이 많이 모여서 이런 거 이해 못할 텐데. 조금

어려운거 아닌가?"

—이야기 구연을 마친 직후 필자를 향해서

이러한 과정을 통해 '호랑이 담뱃대' 어르신들은 전통과 민속에 대한 내용을 전달하는 것과 동시에 아이들과 소통할 수 있는 전통적인 이야기꾼의 모습으로 자신들을 역할을 수행해나가고 있다. 이와 동시에, 어르신들은 이야기가 구연 되는 과정에서 자신들의 경험이나, 고장 문화 등을 함께 넣어 소통하는 모습이 나타난다. 이는 이야기 구연이 지니고 있는 구술적 성격으로 인해 가능해지는 것이다. 월터 옹(Walter Ong)은 「구술문화와 문자문화」를 통해 구술성의 다양한 특징에 대해 이야기하고 있다. 여기서 그는 구술성의 한 특징으로 '연쇄성'을 들고 있다. 즉 구술로 된 이야기는 연상 작용을 통해 꼬리에 꼬리를 물어 이어질 수 있다는 것이다. 이는 이야기 구연에서도 마찬가지로 나타날 수 있다. 즉 비록 줄거리와는 무관한 잉여적인 것이라고 할지라도, 구연되는 이야기의 한 부분이라도 관련 있는 내용들이 꼬리를 물어 이어져 나타날 수 있는 것이다. 그리고 이 과정에서 '호랑이 담뱃대' 어르신들은 자신들의 경험과 삶의 모습 등을 이야기 구연의 맥락 안에서 함께 소통하고 있는 것이다.

할아버지 얘기 들어요. 김 진사라는 사람이 있었어, 김 진사. 김 진사는 하나의 옛날 벼슬이야. 옛날에도 지금처럼 과거라는 시험을 봐서 벼슬에 올랐 어. 좌의정 영의정 뭐 그런 거. 그런데 진사는 뭐냐면(중략). 김 진사에 대해서 있었는데 그 진사 부인이 일찍 돌아가셨어.

그래서 가서 비를 피했어. 그런데 바우 옆에 장성 있지 장성. 장성 알어? 우리 여 기적의 도서관에도 오면 왜 그 장성 있잖아 우리 마을에도 장성이 항상 있었거든. 그래서 마을을 지켜주고 병 같은 거 마을로 못 들어오게,

그리고 멀리 갔다 집에 올 때 이거 보면 아 이제 다 왔다, 안심도 들어서 반겨주고. 그래서 무섭게 생겼어도 그때 보면 참 좋았어. 이게 우리 마을에 왜 생겼냐면 나 어릴 때 역병이 한번 돌았었거든. 그래서 그때 많이 사람들이 아팠단 말이야.(중략) 장성이 이렇게 있는데, 장성이 이래게 보니까 피가 철철 말라가지고 비를 맞는 거야.

그래서 그렁저렁 이렇게 인제 딸 하나를 위해서 잘 가정을 꾸리고 있었는데 하루는 집안에 요러한 몇 살이여? (11살) 11살? 하, 요 어린 소년이 그 집에 김 진사 댁에 밥을 좀 달라고 이렇게 왔어. 동냥하려고, 여러분 동냥 모르지? 지금은~(아는데) 응 알어? 알어? 지금은 우리 대한민국이 사회 제도가 잘 돼 가지고 요즘엔 그지가 없지만은 옛날에는 그지가 많았었어. 뭐 이렇게 해가지고 동냥 달라 그러고, 밥 얻어먹어 가지고 밥을 해가지고 밥 하고 이렇게 해가지고 집에 가서 먹고 자기 부모도 갖다 얻어 갖다 해다 주고 그랬는데 지금은 원체 사회 복지 제도가 잘 돼 가지고 그지가 없어. 옛날에는 그지가 많았어. (중략) 근데 총각 하나가 김 진사 댁에 인제 밥을 얻으러 왔어.
—'김 진사의 사위가 된 돌쇠 이야기', 中

'호랑이 담뱃대'의 한 어르신은 '김 진사의 사위가 된 돌쇠 이야기'를 구연하면서 자신이 알고 있는 전통에 대한 지식이나 경험, 혹은 고장의 역사나 우리 사회의 모습 등을 이야기 내용의 맥락 안에서 소통하고 있다. 다시 말해, 비록 이야기 전개와는 무관하지만 아이들 잘 모르는 진사와 같은 벼슬에 대해서 설명하며 전통에 대한 지식을, 마을 입구에 있는 장승에 대한 자신의 경험을 이야기하며 고장에 대한 역사를, 동냥과 같은 모습을 통해 우리 사회의 한 단면을 아이들에게 전달하고 있는 것이다. 이를 통해 아이들에게 전래동화의 내용적 가치뿐만 아니라, 자신들의 경험이나 고장의 역사와 전통적 가치들을 소통하고 있는 것이다. 이러한 모습은 자신의 경험이 아닌 전통적 지식을 전달하는 양상에서도 확인할 수 있다.

여러분 손이 뭔지 알아요? 이거? 아니예요. 손은 우리를 괴롭히는 귀신 같은 거예요. 그래서 이사나 결혼식 같은 날에는 이런 귀신이 없는 날에 하는 게 좋아요. 손 없는 날, 손 없는 날. 그래요.

아이구 어처구니없어. 이런 말 해본 사람? 어처구니가 뭐냐면 궁궐 지붕에 있는 기와를 어처구니라고 그래요. 근데 그게 없으면 궁궐이랑 그냥 큰 대감들 집이랑 차이가 없잖아. 그래서 뭔가 어이없는 상황에 어처구니없다 그러는 거예요. (한 아이를 향해) 너는 언제 어처구니없는 일이 있었나?

—'어처구니 이야기', 中

어처구니나 손과 같은 사항은 민족과 관련된 지식이지만, 아이들이 아직 잘 알지 못하는 것들이라고 할 수 있다. 따라서 '호랑이 담뱃대' 어르신들은 자신들이 알고 있는 지식을 바탕으로 이러한 내용을 아이들에게 전달하고 있는 것이다. 그리고 그 과정에서 손 없는 날과 같은 우리네 전통적인 공동체에 존재하는 모습들을 이야기를 통해 소통하고 있다.

재구성된 사랑방에서의 이야기 구연은 전통과 민속에 대한 내용적 가치뿐만 아니라, 어르신들과 아이들의 상호작용을 통해 정서적 가치, 그리고 어르신들의 이야기를 통해 우리의 옛 삶의 모습들을 함께 소통하고 있는 것이다. 다시 말해, '이야기를 통해, 이야기 속에서 우리 옛 공동체의 모습과 가치를 아이들에게 소통하고 있는 것이다.' 그리고 그 과정에서 어르신들은 이야기를 통해 공동체의 모습과 가치를 전달하는 의미 있는 역할을 수행하는 존재로 자리매김하게 되는 것이다.

'호랑이 담뱃대' 어르신과 아이들이 여름철 냇가에서 천렵을 즐기고 있다. 어르신들에게는 익숙한 경험이지만, 아이들에게는 그렇지 못하다. 그래서 아이들은 어르신들에게 새로운 놀이 문화를 배우면서 즐거운 시간을 보내고 있다.

2) 공동체 속 '이야기'

사랑방 안에서 전개되는 '호랑이 담뱃대'의 활동은 사랑방을 넘어서 나타난다. 다시 말해, 도서관에서 진행하는 다양한 활동에 '호랑이 담뱃대'가 주체로 참여하며 아이들과 소통하고 있는 것이다. 이 과정에서 아이들과 어르신들은 비록 소규모이고 단기간일지라도 놀이를 바탕으로 한 나름의 작은 공동체를 구성한다. 아니, 정확히 말하면, 사랑방에서 이야기를 함께 나누면서 형성된 작은 공동체의 활동을 사랑방 밖으로 확장하고 있는 것이다.

'호랑이 담뱃대' 어르신들과 아이들이 함께 하는 활동은 그들이 사랑방에서 나눈 이야기에 바탕을 두고 있다. 가령 밤에 몰래 서로의 볏짚을 옮겨주었다는 '의좋은 형제'를 구연한 몇 주 후에는 아래와 같이 아이들과 함께

'호랑이 담뱃대' 어르신들과 아이들이 볏짚을 가지고 볏짚 타작이나 볏짚 꼬기와 같은 활동을 함께 하고 있다. 이를 통해 아이들은 경험해 보지 못한 새로운 문화를 체험하고, 어르신들은 자신들의 옛 경험을 나눌 수 있게 되는 것이다.

이야기에 나온 볏짚을 가지고 다양한 활동을 전개한다.

이 과정에서 '호랑이 담뱃대' 어르신들은 아이들에게 구연된 전래동화의 내용을 환기시키며 다시 그러한 활동이 지니는 의미와 가치에 대해 이야기한다.

> 우리 예전에 들었던 의좋은 형제, 그거 기억나지? 그치. 응잉. 그거서 의좋은 형제가 될라믄 뭘 먼저 해? 그치 추수를 먼저 해야 하는 거잖어. 우리도 의좋은 형제가 되야 허니 추수를 해야것지. 그건 어떻게 하는 거냐면 이래 잡고(중략) 이런 거 첨 해 보지? 할아버지는 친구들 만할 적에 매번 이런 거 하고 그랬어. 그래서 어머니도 도와드리고 마을 사람들 같이 모여서 새참도 먹고. 새참이 뭔지 아러? 이따 우리도 먹을 거여. 아주 맷이 좋아.
>
> —볏짚 타작 중 '호랑이 담뱃대' 어르신의 말, 中

어르신들은 볏짚을 가지고 아이들과 함께 추수하는 것과 같이 자신들이 구연했던 이야기에 나타나는 전통적인 활동을 아이들과 함께 하고 있다. 이처럼 '호랑이 담뱃대' 어르신들과 아이들이 함께 하는 활동의 중심에는 '옛 이야기'가 있다. 즉 이야기를 바탕으로 그와 연관되는 다양한 활동을 전개하고 있는 것이다. 그리고 그 과정에서 어르신들은 아이들이 경험해 보지 못한 전통 공동체의 문화를 전승해 주고 있는 것이다. 어르신과 아이들은 공동체를 형성하여 전통과 민속 그리고 우리 옛 역사에 관한 활동을 전개하면서 이야기 구연을 통해 나눈 가치를 몸으로 경험하게 되는 것이다. 즉 '공동체 속에서 이야기의 가치를 실현하고 있는 것이다.'

이야기 공동체를 통한 융합적 인간의 발견

언젠가부터 우리 주변에는 사라져 가는 것들이 너무 많아지고 있다. 사실

필자는 사라져 가는 것들이 모두 아쉽지는 않다. 오히려 사라져서 속 시원한 것들도 종종 목격한다. 하지만 우리 주변에서 전통적인 의미의 공동체가 사라져 가는 것은 항상 마음 한편에 아쉬움으로 남는다. 그러한 맥락에서 필자가 관찰한 이러한 활동은 우리 사회에 충분한 의미와 시사점을 던져 주고 있다. 공동체란 구성원이 공통의 관심을 가지고 함께 걸어갈 수 있는 집단이다. 또한 그 과정에서 누구도 소외되는 것 없이 서로가 서로를 통해 가치를 실현해야 할 것이다. 따라서 앞서 살펴본 이야기 구연을 통해 형성된 집단은 '공동체'라고 할 수 있을 것이다. 공동체의 구성원인 어르신들과 아이들 모두 '이야기'라는 공통의 관심을 가지고 모였다. 그 과정에서 아이들은 어르신을 통해 우리 민속과 전통, 그리고 경험해 보지 못한 다양한 활동을 함께 할 수 있게 된다. 그리고 어르신들은 자신들의 경험을 바탕으로 아이들과 소통하는 과정에서 이야기꾼으로서 자기 계발을 하는 것은 물론, 사회 속에서 나이든 소외된 존재가 아닌 자신들이 지닌 경험만으로도 가치를 실현할 수 있는 존재로 자리매김하게 되는 것이다. 즉 이야기 구연을 중심으로 서로의 존재를 존중받는 공동체를 형성하게 되는 것이다.

그 안에서 우리는 융합적 인간의 모습을 발견할 수 있게 될 것이다. 이야기의 구연을 통한 공동체는 현대 사회에서 파괴되고 잊혀져가는 소중한 가치들에 대한 복원을 꿈꾼다. 다시 말해, 물질문명의 발달로 인해 사라져가는 우리 원초적인 본연의 모습에 대한 갈망과 복원이라고도 할 수 있다. 따라서 단순히 이야기의 복원, 회귀가 아니라 이야기를 통한 전통 공동체와 그 가치의 복원과 회귀로 볼 수 있다. 이러한 공동체는 구성원들에게 과거의 전통과 단절된 현대가 아닌, 전통과 함께 존재하는 현대를 꿈꾸게 한다. 다시 말해, 잊혀져갔던 우리 모습을 서로 나누고, 그 의미를 현대 사회 속에서 나름의 영역으로 실현하는 것이다.

이는 현대문명의 혼란 속에서 따스한 감성을 통찰하며, 전통과 현대의 단절 없는 융합적 인간의 모습을 시적 언어로 승화시킨 시인 신동엽이 꿈꾸었던 세상의 한 모습이 아니었을까 하는 생각이 든다. 즉 사라져 가던 전통에 대한 회귀, 특히 우리가 잊으면 안 되는 공동체의 소중한 가치를 기억하며 맞이하는 현대의 모습이야말로 신동엽이 시적 언어를 통해 이루어 가려 했던 융합적 인간들이 꾸려가는 삶의 한 모습일 것이다. 그리고 이는 특수하고 지엽적인 것이 아닌, 우리네 삶에서 함께 고민하고 추구해야 하는 보편적인 가치였을 것이다. 그래서 비록 시와 옛 이야기가 서로 다른 장르일지라도, 이야기 구연을 통해 신동엽이 추구하던 가치가 공동체 속 우리를 통해 '발견'된 것이다.